Miguel Ángel de la Torre

Miel de avispas

Miguel Ángel
de la Torre

Miel de avispas

FINALISTA II PREMIO DE NOVELA RÍO MANZANARES

algaida

El Jurado del II Premio de Novela Río Manzanares, convocado por la Empresa Municipal del Suelo, S.A. y el Ayuntamiento de Madrid, estuvo presidido por Enrique de Aguinaga, y compuesto por los vocales Raúl del Pozo, Ángel del Río, Rafael Simancas, María Luisa Castro, Pedro Montoliú, Maite Fernández Estañán, Pedro Calvo Hernando, Bernardino Martínez Hernando, Rufo Gamazo, Valentín Gómez Mampaso y Luis Prados de la Plaza. Actuó como secretario Vicente Díez Zazo (Gerente EMS) y como coordinadora Teresa Amado.

Diseño de colección:
Paniagua & Calleja

Ilustración sobrecubierta:
Antiguo Alcázar desde el puente de Segovia
Museo municipal de Madrid

Diseño sobrecubierta:
Algaida Editores

Avda. San Francisco Javier 22, Edif. Hermes
41018 Sevilla
Teléfono 95 465 23 11. Telefax 95 465 62 54
e-mail: algaida@algaida.es
ISBN 84-8433-066-4
Depósito legal: M-45.979-2000
Impresión: Huertas, S.A.

*Al arcángel San Miguel, glorioso adalid
de las huestes del cielo, de las que ganaron.*

1. Océano de almas

El 29 de septiembre de 1616, día del arcángel San Miguel, glorioso general de las huestes del Cielo, de las que ganaron, Diego amaneció desasosegado. Tras restregarse los ojos y bostezar tuvo que hacer un esfuerzo para ubicarse: estaba en la posada de El Dragón, en la Cava Baja, en la villa de Madrid, Corte de las Españas. Su vida reciente había sufrido tantos cambios que necesitaba parar y preguntarse quién era y en dónde se encontraba. Era la primera noche que pasaba en mucho tiempo sobre algo que podía llamar *cama*, en concreto desde la noche anterior al día en que aquel grito resonó en su casa familiar y produjo un eco agorero que se extendió por todas sus dependencias. Sabía que no debía entrar montado en una iglesia, pero qué querían los inquisidores, que dejará irse de rositas al deshonrador de su hermana… —«¿Qué será de

Laura?»—, se preguntó. Confiaba en que su madre no la abandonara, en que no la dejara sola frente a la deshonra. Era muy joven, todavía estaba a tiempo de ser feliz.

Se rascó la espalda, volvió la cara hacia Delfín. A la luz de la lamparilla que ardía sobre una mesa observó que tenía la boca abierta, pero no roncaba; parecía profundamente dormido con un brazo sobre la nuca y la pierna contraria flexionada. Lo envidió. Miró al techo, cerró los ojos, oyó el constante horadar de la carcoma en las vigas. Imaginó a aquellos seres incansables excavando túneles en la madera. Algún día conseguirían que todo se viniera abajo. Lo consideró un símil del derrumbe de su vida: en nada de tiempo había pasado de ser un bachiller en leyes, hijo segundón de un hidalgo acomodado a ser un reo de la maldita Inquisición y, como consecuencia, un galeote. Menos mal que su cuerda se encontró por el camino con sus paisanos Alonso Quijano y Sanchón Lurcio, si no, continuaría matado de hambre por aquel maldito comisario que Dios tenga en el infierno. Qué providencial resultó la aparición de aquella pareja. Caminaban como huidos desde la última posada cuando se le ocurrió hacer un comentario al respecto.

—¿No os parece que, desde que dejamos la venta de Santa Quiteria, el comisario se ha hecho devoto de Nuestra Señora de Belén en su huida a Egipto?

Esperaba recibir una sonrisa en correspondencia a su ironía.

—Cerrad el pico —fue la respuesta que obtuvo de un Ginés de Pasamonte que bizqueaba más que de costumbre.

—¿Qué pasa ahí? —el comisario dio la vuelta a su montura, de la que colgaban unas alforjas que no pendían de allí cuando salieron de Cuenca—. ¡Guardias, doblad las cadenas de ese hombre!

Diego observó asombrado cómo se dirigían a Ginés. Le pusieron una argolla al cuello de la que descendían dos hierros hasta la cintura. Allí sujetaron las esposas y las cerraron con un grueso candado. También le trabaron los pies con una cadena tan larga que les obligó a rodear con ella su cuerpo para que no arrastrara.

— Hijo de la gran puta. Sabía que no podía fiarme de ti. Quieres quedarte con todo —dicho esto, Ginés se hundió en un mutismo cabizbajo mientras caminaba con los pasitos cortos que le permitían los grilletes. El comisario agitaba una vara en el aire al ritmo de una canción tarareada. De su rostro no se borró una sonrisa triunfal hasta que, recortadas sobre el horizonte occidental, vio dos figuras que esperaban.

—Bajad las ballestas y disimulad; sólo son dos —ordenó a sus guardias.

Conforme se reducía la distancia menos seguros estaban de la identidad de los que ya avanzaban hacia ellos.

Uno montaba un jamelgo escuálido y empuñaba una lanza de los Tercios. Llevaba la cabeza protegida por una jofaina.

—¡Qué yelmo tan raro! —exclamó el comisario.

—Se asemeja a una bacía —opinó un guardia.

—Será un *baciyelmo* —concluyó un galeote.

El otro, desarmado, permanecía unos pasos detrás sobre un borrico rucio.

La preocupación del comisario y sus guardias disminuyó a medida que se acortaban las distancias.

—No son cuadrilleros de la Santa Hermandad. Parece que este año se han adelantado las carnestolendas.

Sin perderlos de vista, dejaron que los intrusos interrogaran a los presos. Arce reconoció enseguida a Alonso Quijano y se ocultó de su vista tras las espaldas de sus compañeros. No deseaba que llegaran a su casa nuevas de sus cuitas y don Alonso y Sancho pocas noticias podrían aportarle de su familia. ¿Qué sería de Laura? A ratos perdonaba y pensaba con ilusión en un sobrino. Su cautiverio había suavizado sus pasiones hasta el punto de que la memoria de Abdessalam, incluso su consideración como cuñado, ya no iba necesariamente unida al deseo de asesinarle. Vanos resultaron sus esfuerzos por ocultar su presencia. Sancho desmontó del burro y se acercó a la cadena.

—¿Sois vos, don Diego?

—Sí, Sancho, pero no lo cuentes en el pueblo y procura llevarte de aquí a don Alonso antes de que haga alguna de las suyas.

—Ya le he dicho que la justicia del rey no hace fuerza ni agravio a nadie, sino que castiga los delitos. Él se empeña en que es deber de caballeros andantes socorrer a los conducidos contra su voluntad… ¿Y qué hacéis vos en esta compañía?

No le pudo contestar. Un alboroto atrajo su vista hacia una escena en la que Alonso Quijano ensartaba en su lanza al comisario y daba con él en tierra. Luego, tras alejarse un trecho, esperaba, lanza en ristre, la acometida de los guardianes. Éstos, villanos ajenos a las reglas de la caballería, en lugar de responder a su reto, dispusieron las ballestas para saetear al caballero. No contaron con los forzados, quienes, en la confusión, duplicaron sus fuerzas con la esperanza de la libertad y lograron romper algunas de sus prisiones. De las otras se ocupó Sancho, quien, apremiado a grandes voces, logró liberar a Ginés. Corrió el de Pasamonte hacia el comisario caído, más preocupado de sujetar sus tripas que a sus prisioneros, y le arrebató el arcabuz. Los guardias se negaron a servir de blanco al arma de fuego y corrieron en todas direcciones, animados con gritos y pedradas por los galeotes. El campo quedó sembrado de flechas, espadas y ballestas. Sancho, visto el panorama, se arrimó a su amo.

—Creo, señor, que este desentuerto no será del agrado de la Santa Hermandad, más nos valiera emboscarnos en la sierra hasta que todo pase.

—Yo sé lo que ahora conviene que se haga —respondió muy seguro el caballero y se dirigió a los liberados.

Éstos acogieron con carcajadas su pretensión de que se dirigieran encadenados hasta El

Toboso para dar cuenta a doña Dulcinea de la proeza de su enamorado. Allí serían liberados por las delicadas manos de la dama. Cuando insistió de forma autoritaria, las risas se tornaron piedras y el caballero acabó descabalgado. Sancho se refugió bajo su asno y esperó a que escampase el pedrisco. Pero la calma exacerbó su desgracia porque le trajo a los galeotes, que se cernieron como grajos sobre él y le despojaron de todas sus ropas menos de las interiores.

Con don Alonso se ensañaron, un forzado le arrebató el casco y le golpeó con él las espaldas y luego la tierra roja hasta quebrarlo. También quedó sin camisa y los calzones le hubieran arrebatado de no impedirlo las grebas. Pero el peor parado fue, sin duda, el comisario del que los galeotes se despidieron con patadas. Ginés se colgó del hombro izquierdo unas alforjas de cuero. Luego se dispersaron.

Diego Arce hubiera pagado, de tener dinero, por pasar inadvertido. Simuló que participaba en la huida para descolgarse poco a poco de ella.

Cuando perdió de vista a sus compañeros de cadena, volvió sobre sus pasos. Contempló desde la distancia a la patética pareja, sola, derrotada. Sancho ayudaba a don Alonso a levantarse. Rocinante sangraba por el belfo. El jumento movía las orejas en todas direcciones como si esperara oír de nuevo el zumbido de los cantos.

Don Alonso, apoyado en su montura y con la barba apretada contra el pecho, meditaba sobre la naturaleza del ser humano. No esperaba recibir tanto mal de aquellos a quienes tanto bien había prodigado.

—No os preocupéis, don Alonso, yo me acercaré a El Toboso para contar a doña Dulcinea que su enamorado posee un corazón generoso y valiente.

El caballero le contestó con una mirada humedecida.

—Ya se lo decía yo a vuestra merced, que hacer bien a bellacos es como echar agua en la mar —intervino Sancho—. Más nos valiera poner pies en polvorosa antes de que corra la noticia y la Santa Hermandad corte los caminos.

—Por naturaleza eres cobarde, Sancho, mas para que no digas que soy contumaz y que nunca escucho lo que me aconsejas, por esta vez te haré caso. Nos vamos a apartar de esa justicia que tanto temes, nos internaremos en Sierra Morena.

Diego vio cómo se perdían en la dirección del ocaso.

Antes de imitarles por distinto derrotero, visitó al comisario. Había dejado de sufrir.

—*Sic transit*, chorra, la vida humana —responsó. Le bajó los párpados y le administró una bofetada. Luego cubrió su cuerpo con terrones y piedras.

Se alejó acompañado por los graznidos de las cornejas. Hizo noche a unas dos leguas en un molino abandonado. En la primera planta, la tolva de la harina de los titos le llenó la boca de saliva. Le evocaba las calientes y sabrosas gachas guisadas por su madre. Subió al siguiente piso. La rueda catalina le recordó una rosa de los vientos con telarañas blanqueadas. Miró por los ventanillos. Desde ellos atalayaba el orbe, pero seguía sin decidirse por un rumbo determinado. Se detuvo en el que miraba al noroeste. Se preguntó que dónde ocultaría una paja. Se respondió que en un pajar. Concluyó que el mejor escondite para un hombre sería, sin duda, una gran ciudad llena de gente. Se apartó de aquel ventanillo porque el viento venía sabañonero como siempre que soplaba desde esa dirección.

Y efectivamente había mucha gente en Madrid, y se había dado cuenta en un solo día, pero una sola jornada en compañía de Delfín, volvió a mirarlo, vio que cerraba la boca y se pasaba la lengua por los labios, los tendría resecos, daba más experiencia que una vida entera en compañía de otros. Cisneros creó la universidad en Alcalá, pero la universidad de la vida quedó instalada en este Madrid, océano de almas, para siempre.

Muchos ríos de gente desembocan en Madrid. El río de los litigantes, el de los mercaderes, el de los fugitivos. La corriente de los que aspiran a ser lo que no son y no lo podrían ser en otra parte, el de los que son lo que son y no quieren que se sepa, el de los que han sido y quieren seguir siendo, el río de todos. Entre sus riberas, sumergidos en sus aguas abundantes, el hombre alcanza unos ámbitos de libertad desconocidos en poblaciones menos populosas, el del anonimato o el de la identidad creativa.

Numerosas industrias están representadas en sus calles. Dentro, en los talleres, se afanan profesionales de todas las categorías, los mejores, los peores y los medianos. Desde la mañana hasta la noche, sus habitantes se ven en la tesitura de negociar, discrepar o congeniar con la más variada gente. Eso espabila muchísimo porque Madrid es una selva de hombres y mujeres que imitan las costumbres de todas las especies del reino animal. Depredadores y presas comparten paseos, sesiones de teatro y tabernas. Entre los primeros, unos atacan por las bravas; otros, en cambio, acechan agazapados o tienden arácnidas redes invisibles. Entre las presas, los hay que confían su seguridad a la poderosa coz; otros utilizan la carrera rauda. También merodean carroñeros, siempre con el hacha dispuesta para hacer leña del árbol caído.

Con el barrunto de estas consideraciones, Diego Arce se había detenido la mañana del 28 de septiembre de 1616, víspera del día del arcángel San Miguel, glorioso general de las huestes del Cielo, de las que ganaron, a la vista de la Puerta de la Vega de la muralla de Madrid. Se preocupó al comprobar que para llegar a ella, tenía que salvar el río por la puente segoviana, custodiada a aquellas horas por dos guardias. El uno, de pie, con los pulgares de sus manos metidos en el cinturón de la espada, miraba desafiante a los que circulaban. El otro, sentado en un taburete con el arcabuz sobre las rodillas ante una construcción de tablones que pasaba de la categoría de garita, pero no llegaba a merecer la de casa, comía un racimo de uvas. Por el color parecían moscatel. En el flujo de entrada observó que dominaban los carruajes, mientras que en el de salida eran más numerosos los peatones. Entre los que entraban no observó ningún coche de lujo; se trataba de carros, tartanas y galeras tirados por todo tipo de caballerías, unos cargados de hortalizas, otras de sacos de almendras, en las últimas se desbordaban las uvas de los grandes cestos de mimbre que las contenían. También entraban acémilas sueltas cargadas con pesados serones de los que goteaba el mosto. Dejaban un reguero pegajoso que Diego se esforzó por eludir poniendo mucho cuidado en dónde posaba los pies, aquellos pies doloridos y con ampollas. Hacia el camino de Móstoles se levantaban algunos tenderetes de hortelanos remisos a pagar el portazgo. En la pradera, junto al río pastaban burros y mulas. También había algunos ventorros que dispensaban vino y aloja a los caminantes. Se sentó sobre un hito. Vio en el ribazo que bajaba hacia el Manzanares una mata de madroño, admiró la armonía de colores que formaban el verde vivo, brillante de las hojas, el naranja de los frutos y el rojizo de las ramificaciones. Pensó que un puñado no le vendría mal, le aliviaría el hambre y tal vez la tristeza. Bajó con cautela, cogió los que estaban en su punto de sazón y volvió al camino para sentarse de nuevo sobre la piedra. Se disponía a llevarse el primero a la boca cuando una mano se posó sobre su hombro.

—¡Alto, no lo hagáis!

Diego dio un respingo y giró sobre sí a la vez que se levantaba para poner distancia y hacer frente a quien le había sorprendido de aquella manera. Se trataba de un calvo prematuro, cuyos escasos cabellos le colgaban, lacios y rubios, sobre la capa. La calvicie inducía a calcularle una edad que el lustre de la cara y la viveza de los ojos se encargaban de desmentir.

—Disculpadme por haberos asustado. No era mi intención; sólo quería preveniros de que…

—Tenéis suerte de que vaya desarmado —Diego pronunció la frase con toda tranquilidad, con la mirada firme en los ojos del extraño.

—Ya os he dicho que me disculpéis, sólo quería preveniros de las fatales consecuencias de abusar del fruto del madroño. Por algo los latinos le llamaba *unedus* para dar a entender que se deben consumir uno o dos, nunca más, si no se quiere padecer una de las peores borracheras que existen.

Diego sonrió.

—Así que *unedus*, ¿eh?

—Sí, *unedus, unedi*.

—Y, ¿en qué universidad ha adquirido vuestra merced el dominio del latín, en una de *quoque*?

—¿Qué? No conozco esa universidad.

—Son aquellas que fundan varios clérigos en cualquier pueblo y que, como no disponen de togas ni símbolos para sus estudiantes, utilizan la misma para todos. Se la pone el primero de ellos al que gradúan con todos los honores. A los demás les dicen: *et tu quoque* que es como decir «y tú también». Así las ceremonias son mucho más cortas y los gastos disminuyen.

—Burlaos si queréis de mí, pero, si estimáis vuestra salud no comáis muchos madroños y abrigaos más. ¿Es que no tiene frío vuestra merced?

Diego miró los madroños, luego los tiró al suelo.

—Tengo el frío que hace, ni más ni menos, lo tengo todo —Diego contestó molesto y desconfiado.

—Y ¿cuál es vuestra gracia, señor calores?

—Y ¿cuál la vuestra, señor impertinente?

—No es mi intención ofender a vuestra merced. Soy Delfín Almeida, natural de Vimioso, en la diócesis de Miranda do Douro, del Reino de Portugal.

—Pues vuestro habla desmiente tal naturaleza. Traté a portugueses hace tiempo y vuestro acento es distinto. El de vuestra merced me recuerda al de los naturales del reino de León. En Salamanca, donde estudié, usan un deje parecido y lo comparten con los feligreses de la diócesis de Zamora.

—Bueno, pero ¿quién sois vos, señor gramático?

—Me llamo Diego Arce, bachiller en Leyes, vecino de la noble villa de Tresjuncos, lugar del marqués de Villena, en el reino de Toledo.

—Y ¿allí no se acostumbra a vestir ropas de abrigo cuando llega el frío aunque éste se muestre atemperado por el benéfico San Miguel?

—Sí, como en todas partes. Yo me arropaba con una hermosa capa de paño. Me la robaron hace ya dos días con todo mi equipaje.

—Y ¿cómo ocurrió el despojo? —Delfín parecía tener un interés casi profesional en los detalles.

Caminar solitario es un buen acicate para la imaginación. Diego había previsto una historia para el caso de que su indumentaria, mejor dicho, la insuficiencia de ella, despertara la curiosidad de los servidores de la justicia. Dudó sobre si el hurto se había producido en venta o descampado. Optó por la primera versión para darse importancia.

—Venía a Madrid para establecerme en su foro de abogado. Me acompañaban mi criado Pascual y un mozo de tres mulas. Transportaban numeroso equipaje. Hace dos días, en una venta a unas siete leguas de aquí, los sorprendí enfrascados en una partida de cartas con otros huéspedes. Me invitaron a unirme a ellos. En lugar de aceptar, les conminé a que no trasnocharan porque quería reemprender el camino por la mañana temprano. No les he vuelto a ver. Desperté de un sueño largo y profundo con un buen dolor de cabeza. Llamé a Pascual y nadie acudió. Me vi obligado a vestirme solo. El ventero me informó que regresarían al cabo de dos jornadas, tras cumplir un encargo mío. Me observaba como si hablara con un loco. Cuando se convenció de que mi sorpresa no era fingida, apareció en su cara una mueca de burla. Comenzó a mirarme como si hablara con un imbécil. Le pregunté por los gastos, me dijo que los habían dejado de mi cuenta. Le expresé mi conformidad. Subí a mi cámara para pensar y, puesto que no poseía ni un doblón para comida y bebida, el día se me fue en ese menester. Cuando la venta quedó en silencio me deslicé desde mi ventana al suelo, escalé las bardas del patio y recobré la libertad. Imposible me parece que el ventero no sospechara de mis planes. Me inclino a pensar que ya había sido recompensado por sus servicios y, tal vez, por su complicidad. El vino era cabezón, pero no bebí tanto como para sumirme en tan profundo sueño.

—Os compadezco, don Diego. Habéis sido burlado por personas de vuestra confianza y ésa es la peor de las traiciones y la más difícil de prever. ¿Qué vais a hacer ahora?

—Debo ganar dinero para completar mi indumentaria. Después trataré de establecerme en el foro, como ya os he dicho.

Los guardianes de la puente lo observaron con curiosidad.

—Mirad —le dijo el uno al otro—, un pollo desplumado.

—¿Dónde ha dejado vuestra merced el equipaje? —preguntó el otro a Diego.

—No lo tiene —contestó Delfín—. Ha salido a dar un paseo.

—¡Ja! Un paseo... y ¿qué habéis visitado? ¿Algún garito del otro lado del Manzanares? Es un primo al que han limpiado —concluyó el uno mientras el uno y el otro los veían atravesar el puente para perderse tras la puerta de la Vega.

Torcieron enseguida a la derecha. Tras los muros Diego se vio arropado por la proximidad de las casas y el influjo del que nos calienta cada mañana si las nubes no lo impiden. El día se mostraba despejado y ventoso. Observó un cambio en el comportamiento de Delfín. Lo veía inquieto, miraba hacia atrás con mucha frecuencia y en las bocacalles se llevaba la mano a la empuñadura de la espada.

—¿Qué os pasa? Padecéis del baile de San Vito.

—No, es que, hace unos días, discutí con mi capitán.

—¿Sois soldado?

—Y vos, ¿sois inocente?

—¡Vive Dios, que no voy a consentir que os burléis de mí más veces! —Diego aprovechó que había quedado un paso detrás para levantarle la capa desde el faldón y echársela sobre la cabeza. Lo abrazó luego para evitar que empuñara la espada y lo derribó. Ya iba a golpear donde suponía que se encontraba el rostro cuando decidió escuchar los ruegos de Delfín. Varios peatones miraban con medrosa curiosidad.

—Está bien, os suelto, pero no volváis a reíros de mí y procurad hablar claro.

Delfín se recolocó la ropa.

—Lo que os decía es que estaba algo enemistado con mi capitán, que es una forma de llamar al jefe, al amo en algunos oficios. Realicé ciertos trabajos para él. El último no resultó tan provechoso como esperaba y me acusó de quedarme con parte de la ganancia. Me vi obligado a escaparme porque le pican malas pulgas. He pasado unos días en Aranjuez. Me ausenté con lo puesto. Hoy retorno para interesarme por mi patrimonio. Se encuentra depositado allí.

Diego siguió con la vista la dirección señalada por Delfín con un dedo índice acabado en una uña coronada de negro y se encontró con una casa de tres alturas con una base de piedra y el resto de adobe viejo que se abombaba en algunos puntos.

—¿Es vuestra casa?

—No, la habito en alquiler y quisiera mudarme. Es el favor que os solicito: acompañadme en la mudanza. No tengo muebles, ni objetos pesados, pero deseo que se realice en buenas condiciones. A cambio os prometo una capa y una espada con que completar vuestro atavío. ¿Me cubriréis las espaldas, don Diego?

—¿Es que corren algún peligro?

—Ninguno en especial; quiero eludir el riesgo de que mi antiguo capitán pretenda cobrarse la inexistente deuda en mi persona.

—Contad conmigo.

—Muy bien, vamos allá. Os dejaré mi capote y mi tizona. Guardad la puerta. Si os llamo, acudid presto. Si no, simplemente vigilad que nadie me espere con malas intenciones.

Diego no sabía qué pensar de aquel recién conocido. Se sentía como un náufrago dispuesto a asir cualquier madera sin exigir que fuera de boj. Miró a un lado y a otro con gesto decidido; era lo único que mantenía en ese estado, por dentro se notaba inseguro.

No esperó mucho. Delfín salió precipitadamente del húmedo portal con un gran bulto a la espalda. Lo había formado con una colcha atada por sus cuatro puntas. Dentro tintineaban algunos objetos metálicos.

—¡Pronto, calladle la boca a ese estúpido!

El así calificado era un hombre de unos cincuenta años, en camisa y con los calzones a medio abrochar, que gritaba:

—¡A mí la justicia, que me roban! ¡Al ladrón, al ladrón!

A Diego le pareció un abuso silenciarlo con una estocada. Se limitó a golpearle la barbilla con el guardamanos de la espada. Fue suficiente. Quedó tendido y mudo con los dientes ensangrentados.

—¿Por qué os llamaba ladrón vuestro casero? —preguntó a Delfín, tras alcanzarlo a la carrera.

—Calumnia pura, don Diego. Pretendía cobrarme la renta de todo el mes cuando todavía estamos a veintiocho.

—Y ¿estáis seguro de que el contenido del atado os pertenece?

—Ahora sí. No me cabe ninguna duda, es todo mío. Ya hemos llegado.

Entraron en la posada de El Gato Escaldado, en la calle Cabestreros. Apalabraron un cuarto con dos camas.

—Mirad, estas ropas son para vos —Delfín le mostraba un hermoso jubón verde oscuro con mangas acuchilladas que dejaban ver una tela del color del vino tinto. También le regaló varias camisas y una capa usada. Diego sintió una ilusión especial al recibir una espada. Tenía los bordes mellados, pero la punta presentaba un buen filo. Ejecutó varios pasos de esgrima por la habitación hasta ensartar a su invisible enemigo.

—¡Buena espada!

—Aquilatada por el uso. Perteneció a un afortunado espadachín que nunca encontró obstáculos en las costillas de los contrarios. Un buen día se vio frente a otro con mejor fortuna y la legó a sus herederos, gajes del oficio. Está fabricada por el maestro Ronquillo, artesano de Toledo.

Diego la depositó con respeto ritual sobre la cama y levantó el jubón hasta la altura de los hombros.

—Estas ropas no son de vuestra talla.

—Pero de la vuestra, sí. Póngaselas vuestra merced.

Diego se lo abrochó con la mente ocupada por la idea de que su situación no era la más apropiada para mostrarse melindroso.

Comieron con apetito. Luego pasearon por la calle Mayor hasta el Alcázar.

Un guardia, agradecido a la generosidad de Delfín, les franqueó la puerta de acceso a las cocinas. Allí comprobaron que en sirvientes no se escatimaban gastos.

—Parece una feria —opinó Diego.

—Es que pagan mal, algunos trabajan por la cama y la comida; así que han de dedicarse a otros menesteres para medrar. ¡Maridiaga! ¿Dónde estáis?

Una mujer salió de una despensa arreglándose el moño. Tras ella apareció un joven con uniforme de palafrenero cuyo rubor desbordó sus mejillas como un incendio de pasto seco y le cubrió la frente. Se alejó con la vista puesta en los borceguíes.

—¿Cómo va el día? —preguntó Delfín, autoritario.

—Caro te vendes, galán, ¿dónde has estado?

—He estado unos días fuera por bien de mi salud.

—Y ¿sigues en la misma casa?

—Sí, ¿qué tal el día?

—Bien, me he hecho cuatro desde el alba; dos cocineros, un ayuda de cámara y el mancebo que acabas de ver; pero tengo otra noticia más interesante, ha llegado a servir a mi señor, el duque, un hidalgo de la Montaña a cuya familia conocen las amas de cría de los infantitos. Dicen que es heredero de un mayorazgo de cuatro mil ducados de renta. Voy a espabilarle el cuerpo —Maridiaga quería decir que iba a redimirle de su timidez, que le sonreiría, arrobada, con los ojos bajos de una cervatilla asustada, que le hablaría con voz cristalina, que sería servicial y bien humorada hasta conseguir que el gatito cántabro transformara sus maullidos inseguros en viriles rugidos y sacara las uñas, transformado en un necio león, en un digno trasunto de Marte, seductor de

Venus—. Cuando quiera pasar de las palabras a las obras, le recetaré una dieta y aumentaré la ración a medida que afloje la bolsa. Retozar le costará un buen regalo. Luego mantendré el tizón encendido. Si es de madera de álamo y se consume o se cansa de mí porque encuentra otra que renueva su ardor, lo acusaré de estupro y heredaré en vida parte de su mayorazgo. Y ¿éste quién es?

Maridiaga padecía un defecto de discreción y era tarda de entendederas para las cuestiones ajenas a su oficio real. Era una especialista. En el transcurso de su vida llegaría a saber cada vez más de cada vez menos y terminaría conociendo casi todo de casi nada, para satisfacción y ruina de sus clientes.

—Éste es don Diego, un amigo. Quiero que le hagas un favor.

Maridiaga lo miró de abajo a arriba. El se azoró ante el examen de aquella morena de sonrisa pícara que le tendía la mano. Se dejó llevar, se dejó hacer y no se arrepintió. «Creo —pensó mientras se subía los calzones— que mi suerte ha comenzado a recuperar la cordura.»

Delfín lo esperaba fuera con una sonrisa en los labios.

—¿Os sentís mejor?

—Mucho mejor —Diego le correspondió con otra sonrisa.

—Maridiaga posee una boca muy elocuente.

—Pura poesía que te transporta a elevados paraísos. ¿Qué os une a ella?

—Es como mi mujer.

—Y ¿cómo consentís que practique su oratoria con otros?

—La vida en la Corte es dura. En tiempos de necesidad vivo de mis cuernos.

—Pero si ella es como vuestra mujer, ¿dónde voy a dormir yo?

—En vuestra cama, no os preocupéis. Ella pernocta en el Alcázar. Existen dormitorios para solteros. Los matrimonios habitan juntos en viviendas privadas con su prole.

—¿Queréis decir que, de ser vuestro deseo, podríais dormir en Palacio con Maridiaga?

—Sí, siempre que pasara antes con ella por la iglesia. Maridiaga puede alegrarle la vida hasta a la armadura de Don Juan de Austria, a quien Dios tenga en su gloria, pero no le está permitido cohabitar conmigo ni en régimen de castidad.

—Y, aparte de favores remunerados, ¿qué servicios presta Maridiaga?

—Es camarera de la mujer del ayuda de cámara del encargado de calzar al rey, que es un duque. Para que la admitieran me vi obligado a untar la mano de un mayordomo. Ellos son los que contratan y despiden a su antojo. Lo primero lo hacen a cambio de favores o dinero; lo segundo, gratis.

Caminaban por el Arenal arriba, con el sol, rojo y caduco, a sus espaldas. A la derecha se extendía el barrio habitado por los gremios relacionados con el tejido.

En la calle de los Esparteros, entraron en un tenducho tras bajar dos escalones.

—Dios os guarde, don Salomón.

—Don Delfín, hablad bajo; ya no me llamo Salomón, me han vuelto a bautizar. Ahora soy David, un hombre nuevo —el tendero, que les había recibido con el dedo índice en los labios, vestía una túnica morada y una sobretúnica sin mangas de un negro desvaído. Era un calvo parcial y lo hubiera sido del todo de perder los largos pelos blancos que le cubrían la nuca. En compensación, suele ocurrir, lucía una luenga y encrespada barba.

—Pues yo os veo el mismo, don David, no habéis cambiado en nada excepto en el nombre. ¿Qué defecto tenía Salomón?

—El fraile que cuida de la salvación de mi ánima me dijo que Salomón no era un nombre suficientemente cristiano, que proponer que se taje un niño por la mitad para repartirlo más parece mester de carnicero que oficio de juez y que fornicar con insistencia hasta dar un heredero al reino de Saba excede en gran medida de las obligaciones de la diplomacia, que sólo exige ser cortés con los visitantes de los países amigos. Además se comportó de forma incestuosa y procaz: no le bastó con acostarse con su hermana sino que lo tuvo que contar en el *Cantar de los Cantares* para escándalo y regocijo de los cristianos.

—Lo de la hermana sería una forma de decir, pero tampoco la conducta de David constituye un ejemplo edificante. Era un viejo verde que envió a un general a una muerte segura con el único propósito de acceder a su viuda —Diego Arce abominaba de la mayoría de los personajes del Antiguo Testamento, que consideraba una crónica de la depravación humana.

—Ya, pero el fraile lo considera un símbolo de la Iglesia que, pese a su humildad, vence al Goliat del poder mundano.

A Diego Arce sólo el Nuevo Testamento le parecía ejemplo de algo, en concreto del espíritu de sacrificio que convierte al Hijo de Dios en una víctima propiciatoria.

—Bueno —Delfín se aburría—, dejemos la historia sagrada y concluyamos nuestro negocio. Tengo un montón de ropa para vender. Calculo que valdrá…

—No corra tanto, don Delfín —el nuevo David ejercía el oficio de ropavejero—, habrá que verla y tasarla en su justo precio.

—Como queráis, acudid mañana con una bolsa llena de monedas a la posada de El Gato Escaldado. Os esperaremos hasta el mediodía.

El antiguo Salomón les despidió con una reverencia que le situó la barba junto al ombligo.

Volvieron sobre sus pasos y los encaminaron, calle del Arenal abajo, a la iglesia de San Ginés.

—¿Por qué vendéis las prendas? —se extrañó Diego.

—Porque no son de mi talla.

—Pero son de la mía.

—Pero ya tenéis bastantes.

Diego se tragó el sapo con agua del pozo situado junto al muro de la iglesia que da a la calle de los Coloreros, que atravesaron a toda prisa, Delfín embozado hasta los ojos, Diego con el índice y el pulgar apretados a uno y otro lado de la nariz. Aquel hedor procedía de las sustancias empleadas por los tintoreros para impregnar de color las telas. Otra zona de la ciudad superaba a ésta en hediondez, la que se extendía alrededor de la Ribera de Curtidores. Entre el fango y las junqueras, pieles en distinto grado de curtimbre emitían mefíticos olores de putrefacción y hacían inhabitables sus proximidades cuando el ábrego soplaba desde Toledo.

Respiraron de nuevo por la nariz al torcer por la calle de los Bordadores en dirección a la calle Mayor. Los mostradores de las tiendas exhibían toda clase de encajes, entre los que predominaban los de bolillos y los flamencos. Entraron en una rotulada El Hilo de Holanda.

—Buenos días —saludaron.

La atendía una hermosa muchacha de unos dieciocho años que se sonrojó al ver a Delfín. Recuperó el aplomo mediante un ligero carraspeo.

—¿Qué desean vuestras mercedes?

—Lo sabéis de sobra, doña Isabel —Delfín rubricó la frase con una sonrisa que quería ser insinuante.

—Me refiero a las labores de la tienda.

—¿Para qué gastar vuestra vista y afear vuestros ojos? Podríais vivir como una reina. En vez de vender bordados los recibiríais como presentes de vuestros admiradores y tendríais la satisfacción de que otras mujeres habrían de quemar sus pestañas para realzar vuestro encanto.

—Tengo encajes recién llegados de Lagartera y género de la mejor calidad de los más prestigiosos talleres de Flandes. También os puedo mostrar los bordados de la casa.

—Quiero un cuello de Flandes, pero pensad en mis palabras.

La muchacha sonrió con los ojos bajos mientras le envolvía la compra en una tela de raso. El encaje presentaba un blanco inmaculado.

—Yo deseo adquirir un pañuelo de olor —intervino Diego.

—¿Cómo lo queréis? —le preguntó sonriente la dependienta— ¿De rosa, de sándalo, de jazmín o de romero?

—De romero —Diego lo cogió de la mano de la muchacha y lo llevó directamente a la nariz. Respiró aliviado. Le trajo recuerdos del monte, de la Hoz de Haro, de las quebradas fatigadas por jabalíes.

—¿Estáis resfriado?

—No, apestado.

—Ya os acostumbraréis, es el olor de una industria honrada.

Salieron de la tienda. Diego caminaba con el pañuelo en el puño. Temía que lo consideraran un petimetre. De vez en cuando se llevaba la mano a la nariz con disimulo, como si se sonara.

—Creo que no habéis tenido mucho éxito —le comentó a Delfín.

—No estéis tan seguro. Se lo piensa mucho, pero está a punto de caer. Al principio le ofendían mis requerimientos, ahora se siente halagada por mi insistencia.

—¿No pensaréis usar ese cuello tan puntilloso? Si lo hacéis, que sea sin mi compañía. Allá cada cual con sus gustos, pero yo no deseo pasar por…

—Por vecino de la calle de los Mancebos.

—¿Cómo decís?

—Nada, no os preocupéis, es una calle en donde moran aquellos por los que no queréis pasar. Estad tranquilo, este puntilloso cuello no es para mí.

—Y ¿para quién es?

—Para una dama.

—¿Otra?

—Ésta lo es de verdad.

Diego apartó el pañuelo de la nariz e inspiró con fuerza hasta que se le hinchó el pecho.

En la calle de las Postas, una multitud se afanaba entre mercancías, caballos y carruajes.

—¿Qué hace tanta gente aquí? —preguntó Diego.

—Buscan acomodo para viajar.

Delfín brujuleó entre la concurrencia mientras narraba a su acompañante lo que deducía de sus observaciones.

—Mi señor don Pedro deja la casa para esperar en Sevilla a la flota de las Indias. Estará fuera dos meses, buena ocasión para rendirle visita de cortesía. ¡Ah! Allá está mi señora doña Beatriz a punto de partir hacia Almagro. Ha entrado a su servicio una criadita ligera de cascos a la que, tal vez, os guste entretener mientras compruebo el cierre del joyero de su señora.

Inspeccionaron las partidas de naipes que se jugaban en las tabernas, atentos a la bolsa y habilidad de los contendientes.

—Vamos a otro lado, por aquí abundan los fulleros —concluyó Delfín.

Bajaron por la calle de Toledo hasta las Cavas. Puestos a elegir se decidieron por la Alta que les condujo hasta el Humilladero. Un toro se resistía mediante mugidos y tirones a convertirse en buey. Se encontraba empotrado en una manga estrecha con los cuernos trabados por una especie de yugo.

Torcieron a su derecha para entrar en la calle de los Irlandeses. En la taberna de Mulligan sólo se cenaba.

—¡Mulligan, dos sopas de ajo y unas salchichas! —Delfín devolvió la mirada a aquellos concurrentes cuya curiosidad había sido llamada por el tono fanfarrón de su pedido.

—¿Mulligan? ¿Qué nombre es ese? —Diego paseó su vista por las maderas ennegrecidas que cubrían paredes y techos. Había algo extraño en aquella decoración, jamás había visto una taberna tan oscura y el ambiente se encontraba impregnado de un olor ahumado, amargo y húmedo.

—Es un apellido irlandés. Sus antepasados salieron por pies de Irlanda cuando la pérfida Albión quiso desviarlos por la fuerza de la senda de la verdadera doctrina.

Diego miró con interés al tabernero que se afanaba arremangado entre peroles con un mandil lleno de manchas que casi le llegaba a los pies. Observó que, de pronto, se quedaba parado y levantaba hacia ellos su rostro pecoso como si se hubiera dado cuenta de que era objeto de su conversación. El color de sus ojos variaba entre el marrón y el verde. A Diego le parecieron del color de las aceitunas aliñadas en Campo Real. No le sostuvo la mirada y prefirió desviarla para estudiar a la concurrencia. En el otro extremo de la sala, en una mesa junto a la pared le llamaron la atención dos muchachos que comían una especie de chorizo blanco pinchado en el cuchillo. Uno era bajo y robusto con el pelo corto y tieso del color del cobre. Comía con placer. El otro, moreno, masticaba sin ganas y no dejaba de dirigir una mirada dura y burlona contra Delfín. Parecía un joven envejecido o un viejo sin madurar, como una fruta verde que se pudre.

—Aquí tenéis —el tabernero depositó dos cuencos de barro que contenían un líquido rojo sobre el que nadaban sendos huevos fritos. A Diego le parecieron los ojos de un gran monstruo de pupilas amarillas.

—Mulligan, quiero presentaros a un licenciado en leyes, don Diego, que piensa ejercer en este foro. Desea oír de vuestra boca por qué vinisteis desde tan lejos.

El tabernero dudó un momento.

—Si la rama de un árbol perteneciente a un vecino sobrepasa la tapia de mi propiedad, ¿de quién es la rama?

Diego miró a Delfín con asombro.

—Ja, ja, ja —se carcajeó Delfín—. No cabe duda, Mulligan, que vais al grano. Enseguida queréis aprovechar los conocimientos de don Diego. Sopesad que pretende cenar, todavía no ha comenzado el ejercicio de su profesión y ya queréis disfrutar de su asesoramiento. Contadle primero que pertenecéis a una honrada estirpe de hidalgos de…¿De dónde, Mulligan?

—De Kilkenny.

—De allí, y que erais dueños de tierras y hacienda que hubisteis de abandonar para acompañar a… ¿Cómo se llamaba vuestro supuesto rey?

—Hugh O´Nelly, conde de Tyrone. Encabezó la marcha de toda la nobleza fiel de Irlanda hacia Europa, sobre todo a la católica España como protectora de la cristiandad y enemiga de la maldita Inglaterra.

—Eso es; pero lo que yo digo es que sí, sí, muy católicos y muy enemigos de ingleses, pero cuando el desastre de la Gran Armada, los irlandeses acabasteis con todos los soldados y marineros que arribaron a vuestras costas.

—¡Mentira! —los ojos del tabernero querían salírsele de las órbitas para atravesar los de Delfín—. Todavía viven muchos en Irlanda y casados con mujeres irlandesas que los escondieron de los ingleses.

—¡Verdad! Lo contaron algunos sobrevivientes. Vieron cómo hordas de campesinos remataban con horcas, azadas y podaderas a los náufragos españoles.

—Serían protestantes ingleses o escoceses. Ahora han traído a muchos escoceses heréticos para ocupar las tierras que nosotros dejamos... ¿Cuándo nos va a ayudar España a liberar la isla del yugo británico? ¿Eh? ¿Cuándo?... Nunca, estoy seguro de que nunca. Al rey de España le interesa que el británico distraiga fuerzas en la ocupación de Irlanda. Así no podrá caer en la tentación de emplearlas en Flandes.

—Bueno, bueno, tranquilo, que las paredes oyen y puede resultar malo para vuestra salud criticar al poder. Además se nos va a enfriar la sopa. Traednos vino para acompañarla.

—¿De quién es la rama? —el irlandés simuló no oír el pedido de Delfín y se dirigió a Diego. Éste, que tenía hambre, fue breve.

—Vuestra. Podéis cortarla o disfrutar de sus frutos, queda a vuestro arbitrio. ¿De qué árbol se trata?

—Una higuera.

—Pues aprovechad y nos traéis unos higos de postre —intervino Delfín para meterle prisa—. Pero antes, el vino y las salchichas, Mulligan.

—¡Dolores, baja a la bodega y sube vino para estos caballeros!

Diego miró hacia la dirección en que hablaba el tabernero para ver aparecer tras una cortina de estameña verde a la muchacha más hermosa que había visto en su vida. Blanca, con el pelo rubio recogido en un moño, ojos azules, se limpiaba las manos enrojecidas en una rodilla a cuadros rojos y blancos. Él, sin duda alguna, la hubiera elegido como modelo para una imagen de la Virgen de haber sido María rubia. Sin ninguna duda.

Dolores cogió un farol y lo encendió con la pequeña llama de un ascua que cogió de la lumbre con unas tenazas.

—Yo te ayudo, Dolly —el muchacho viejo de la mirada dura y burlona dejó su salchicha a medio comer sobre la mesa y se levantó.

—Gracias, Matías, pero no necesito ayuda.

—Cómo que no… Y qué harás si te sale una rata.

—Vaya… Quién fue a hablar de ratas… Bueno, toma, sujétame el farol.

Su compañero pelirrojo dejó de masticar y los siguió con la vista. Diego, al ver cómo ella le entregaba el farol para que, tras abrir la trampilla de madera situada entre dos grandes toneles, de cuatro arrobas cada uno —calculó Diego—, la precediera escaleras abajo, comenzó a dudar sobre el acierto de su elección para modelo de la Virgen. A lo mejor la expresión de pureza de su cara sólo era eso, expresión y apariencia.

—¿Por qué no toman el vino de esos toneles? —le preguntó a Delfín.

—Porque no contienen vino. Están llenos hasta arriba de burbujeante cerveza.

—Eso qué es.

En lugar de contestarle Delfín volvió la cara hacia el tabernero.

—Mulligan, dice mi compañero que no quiere vuestra cerveza porque es bebida de protestantes y parece hecha de orines de vaca.

El tabernero dejó la tira de salchichas que troceaba y se dirigió hacia su interlocutor. Conforme avanzaba enrojecía su cara.

—Estoy seguro de que el señor licenciado no ha dicho tal cosa porque es hombre educado, estoy seguro de que es cosa vuestra y de qué queréis embromarme. En cualquier caso, sabed señor licenciado y vos señor gracioso, que, muchos siglos antes de que Su Realeza la futura madre de Enrique VIII lo engendrara tras fornicar con un demonio en forma de palafrenero borracho y sifilítico, los católicos irlandeses ya bebíamos cerveza, mucha cerveza, y sobre todo después de la Santa Misa dominical por lo bien que acompaña al cuerpo de Cristo. Y saben vuestras mercedes lo que les digo: que jamás un católico irlandés padeció una indigestión por ello. Eso demuestra que a Jesús le place la cerveza. Así que cesen en sus comentarios malintencionados y si no quieren cerveza para acompañar sus salchichas pues peor para vuestras mercedes.

—Sí, sí, pero olvidáis, Mulligan, que Cristo escogió el vino para transformar su sangre en bebida potable. ¿Qué me decís de eso?

El tabernero plantó sus dos manazas de golpe sobre la mesa y quedó pensativo, respirando profundamente por la nariz. Agachó la cabeza para acercar su boca a los oídos de sus interlocutores y dijo en un tono contenido y confidencial:

—En Tierra Santa no hay cerveza, tal vez Jesucristo debiera... —Mulligan miró hacia los lados con precaución antes de continuar—, y no es mi intención criticar a Jesucristo, líbreme Dios de tal pretensión, pero tal vez debiera haber elegido Irlanda para nacer.

Sin esperar respuesta se incorporó, giró sobre sus pies y se alejó seguido por las miradas atónitas de Diego y de Delfín.

—Tiene su lógica, pero ¿habéis visto cómo se pone? Total por una bebida que comparten con alemanes, ingleses y flamencos. Una bebida de bárbaros del Norte. ¿No habéis conocido a ningún veterano de los Tercios de Flandes?

—No.

—Pues a estas tabernas de la calle de los Irlandeses vienen mucho a saciar su sed y su nostalgia. Se acostumbraron a esta bebida en sus campañas. Los conoceréis porque, terciado al lado contrario de la espada, llevan un canuto de hojalata con los rollos de sus méritos. Algunos han estado en todas las grandes batallas, aunque ocurrieran al mismo tiempo pero no en el mismo espacio. Gozan del don de la ubicuidad. Pero para poco les sirve. Dejemos la cerveza para los bárbaros y disfrutemos del buen tinto de Arganda que nos van a servir. Al fin y al cabo nosotros somos súbditos del imperio romano.

El vino de Arganda reposaba en varias barricas en un sótano sin ventilación. Para aislarlas de la humedad estaban apoyadas sobre una tarima de madera que permitía llenar los recipientes sin tener que agacharse.

—Apoya el farol sobre las tablas y tráeme una frasca de aquéllas —Dolores señaló con su dedo un rincón de la bodega en donde se alineaban una docena de frascas de vidrio unidas entre sí por densas telarañas blancas.

—Gracias —la cogió de las manos de Matías y la limpió por fuera con la servilleta de cuadros. Al conservar bien puesto el tapón de corcho la consideró apta para ser utilizada. La puso bajo la barrica y abrió la espita. Matías aprovechó que tenía las manos ocupadas para abrazarla por atrás y besarla en el cuello.

—Dollymulli, eres la imagen de la divinidad. Si no fuera por ti, sería ateo y ardería en alguna pira de la Inquisición. Tus ojos son el cielo. Cuando los miro, me hundo en ellos y floto en el éter como las almas de los bienaventurados. Y si los cierro, me imagino el mar y oigo el batir de las olas contra las playas y el cántico de las gaviotas.

—Qué mar ni qué ocho cuartos si desde que regresaste de las Filipinas, si es que alguna vez estuviste en ellas, no has visto ningún mar y el mayor volumen de agua que conoces es el que se embalsa junto a los pontones del Manzanares cuando vas a embelesar peces... Y además, las gaviotas graznan como cuervos.

—Cuando yo cierro los ojos, no; trinan como ruiseñores.

—Las gaviotas no trinan.

—Sí, sí, trinan sobre el mar de tus ojos —Matías la apretó contra sí y la volvió a besar en el cuello. Su piel era suave y cálida. Sintió el impulso de desnudarla y unirse a su blandura con los ojos abiertos para seguir viendo el cielo aunque se encontrara en él. Sería como unirse a una nube, como cuando el centauro Ixión se unió a la ninfa Nefele, puesta por Hera para librarse de las acometidas del ser semiequino semihumano.

Suspiró de deseo y la besó otra vez. Ella se soltó e incrustó la canilla en la barrica. El vino dejó de fluir. Se dio la vuelta y lo enfrentó con la frasca entre las manos.

—¿Qué me vas a pedir esta vez?

—Enséñame un pie.

—Te costará cien maravedíes.

—Por la mitad tendría el cuerpo entero de una fulana de la calle Huertas.

—Pues, tú mismo.

Matías no se lo pensó.

—Aquí los tienes —se soltó la bolsa del cinturón y se la ofreció.

Dolores la abrió, cogió tres reales de plata y le devolvió la bolsa.

—Te debo dos maravedíes —le dijo.

—Tuyos son como todos los míos —le contestó Matías con los ojos puestos en el suelo.

Dolores, al mismo tiempo que se guardaba las monedas en el corpiño junto a los pechos, se despojó de la chinela que calzaba su pie derecho y lo elevó para que quedara a la vista de Matías. El se arrodilló y lo cogió para apoyarlo sobre su pierna. Ella se asombró de la devoción con que lo hizo y se acordó del dinero. No entendía cómo, pudiendo tenerlo todo, se conformaba con aquello. Él admiró el pie a pesar de que presentaba algunas encalladuras. El olor de la chinela, muy usada, lo excitó. Fijó por fin sus ojos sobre el punto de unión del dedo gordo con el que le seguía. Le parecía un pubis lampiño, un pubis sin sexo, un pubis inocente ajeno a la orina y al pecado, un pubis celestial. La besó en ese punto y dejó que se calzara. Ascendieron las escaleras en silencio.

Diego enseguida percibió que no había alegría entre ambos y que las mejillas de Dolores Mulligan tenían un toque de color del que carecían antes de bajar. Su padre los recibió con una mirada airada.

—Cuánto tardas. Lleva el vino a aquella mesa.

Diego disfrutó de la aproximación de la muchacha. En cierta medida se sentía defraudado por su conducta, incluso había considerado, mientras ella permanecía abajo, que había incurrido en una especie de blasfemia por creerla merecedora de servir de modelo para la Virgen. La miró con detenimiento. Poseía una belleza inhumana, sobrenatural.

Ella no levantó los ojos de la mesa. Sólo al retirarse tras dejar la frasca, Diego percibió una mirada de reproche, una mirada que parecía preguntarle que por qué miraba tanto.

La siguió con la vista hasta que desapareció tras la cortina verde. Entonces se dio cuenta de que Delfín permanecía con los ojos fijos en Matías.

—No os gusta la camarera.

—Ni lo intentéis, don Diego, es fría como carámbano y es hija de un tabernero. No sirve ni para coima, ni para esposa. Cuando la miro, me figuro que contemplo un cuadro y, ¿sabéis lo que pasa con los cuadros? Que si les das la vuelta están vacíos, sólo son un lienzo áspero y burdo. Eso es Dolores Mulligan, un cuadro.

—¿Y quién es ese muchacho del que no podéis apartar la vista?

—Me recuerda a alguien, a un sicario que conocí hace tiempo.

—Pues estaba esta mañana en el río junto al pelirrojo. Me llamaron la atención por su actitud. Estaban sentados en el petril del puente entretenidos en animada charla, pero no perdían detalle de todo el que pasaba. Sospeché que fueran guardias de paisano o familiares del Santo Oficio. Luego llegasteis vos y ya no los volví a ver.

Delfín permaneció un rato pensativo, sopesando las palabras de Diego.

—Bueno, comamos de una vez —dijo al fin.

Diego se dio cuenta de que, entre cucharada y cucharada, Delfín observaba a la concurrencia. La sopa estaba templada. Después dieron cuenta de la fuente de salchichas y bebieron hasta la última gota de vino. Delfín continuaba taciturno.

—¿En qué pensáis? —se interesó Diego.

—En bolsas repletas en los cintos de ricos labradores que acaban de cobrar su grano. En cuanto regoldemos vamos a iniciar una partida.

La baraja parecía nueva.

—Y ¿a qué jugamos? No domino ninguna suerte —objetó Diego.

—Vamos a empezar con las veintiuna. Es fácil. Consiste en reunir ese número de puntos o el más aproximado posible. El que se pasa pierde.

Diego los sobrepasaba con frecuencia. Cuando quiso corregir los excesos, se encontró con que se quedaba a demasiada distancia.

—¿Cómo hacéis vos?

Delfín no contestó. Desde una mesa vecina seguían las partidas cuatro cincuentones de aspecto rústico y un mozo picado de viruelas. Delfín comenzó a perder algunos lances.

—Disculpen vuestras mercedes. Aquí los compañeros se preguntan si podríamos echar una partidita.

La cara del que asumía gustoso el papel de portavoz acababa en un mentón hirsuto y poderoso. No encontraron obstáculo a su deseo. Diego, a una señal de Delfín, se excusó para permitir que jugaran todos. Desde un rincón, junto a la lumbre, observó la evolución del juego. Los recién sentados pusieron las bolsas sobre la mesa con imprudente ostentación. El interés situaba a Diego al lado de Delfín, pero en el fondo de su alma fluía una corriente de simpatía hacia los agricultores. Comenzaba a ser consciente de que el lugar de nacimiento marca al ser humano a hierro candente y aunque la vida lo lleve de acá para allá, a ciudades grandes, medianas o pequeñas, en cuanto se rasca la roña urbana aflora el amor a una vida sencilla y recta, honrado trabajo y ruines envidias que inducen a exclamar: esto es lo nuestro.

Delfín perdía sin aparente contrariedad. Matías y Patricio, el hijo del tabernero, seguían con interés los lances del juego. Les maravillaba el estoicismo de Delfín.

—¿Estás seguro de que es éste de quien habla Jeremías?

—Estoy seguro, lo he visto en el Prado y en el corral de Seisdedos. Hasta es posible que cobremos dos veces por el mismo trabajo, aunque yo de Jeremías, más que dinero, deseo que me ayude con Rafaelita.

—Estás colado por esa negra.

—No es negra, es morena y, después de tu hermana, es la mujer más hermosa que conozco.

—¿Te lo ha enseñado ya?

—¿Quién? ¿Dolly? No, no se lo he pedido, aunque no me faltan ganas. ¿Tú la has visto desnuda alguna vez?

—No, pero una vez sorprendí a la señora O'Reilly, que es tan rubia como mi hermana, cuando se lavaba acuclillada sobre una palangana con las sayas arremangadas hasta la cintura.

—A eso los romanos lo llamaban *cunniluvio* —Matías, por la temprana falta de su madre, se había criado en el convento de Jesús Nazareno, cercano a su casa y los buenos padres Trinitarios le habían inculcado una completa educación clásica. Los autores griegos y latinos le eran familiares porque las leyendas y fábulas mitológicas habían constituido los cuentos de su niñez.

—¿Qué?

—Lavado de coño —Matías se acordó de su madrastra, catorce años menor que su padre. Se subía las faldas hasta los muslos para cualquier sencillo lavado de pies, sin preocuparse por los efectos de sus posturas sobre su hijastro adolescente. Desde entonces a Matías le bastaba pronunciar la palabra *pediluvio* para obtener una erección. Sin embargo, *cunniluvio* le dejaba indiferente.

—Ah, vaya, los latinos disponían de palabras para todo. El que se lavaba la señora O'Reilly era sonrosado. Se había recortado el vello púbico y, como también lo tenía rubio, parecía la perilla de un lansquenete. ¿Tú conoces a Germán, el teutón, el que vive en la plaza de la Paja?

—Sí, lo conozco.

—Pues me recordó su perilla, sólo que la boca se abría debajo de la perilla y en dirección contraria, en vertical. La señora O'Reilly me vio y no dijo nada. Yo me puse como un tomate, corrí para encerrarme en el retrete de la corrala, pero estaba ocupado. Me fui al zaguán y no había nadie. Allí me estuve mucho rato sin saber qué hacer, en un estado en que se sucedían la excitación y las ganas de vomitar.

—¿No te gustó lo que viste?

—No sé, me produce una mezcla de atracción y repulsión. Me gustaría tenerlo, pero pienso que por ese agujero se pueden salir las tripas.

—No te entiendo.

—No me entiendo ni yo mismo.

—¿Te gustaría dar por culo a ese fullero? —Matías señaló con la barbilla en la dirección en que se sentaban Delfín y Diego.

—No será tan fácil, se ha traído escolta.

—Es igual, nosotros también somos dos y te aseguro que de una manera u otra lo vamos a joder.

Delfín, ajeno a lo que se tramaba a sus espaldas, departía con sus compañeros de partida.

—Y ¿de dónde son mis desplumadores?

—Dos somos de Perales de Tajuña —el que más hablaba era uno de ellos—, los demás viven en Villarejo de Salvanés.

Delfín demostró mucho interés por conocer al resto de los vecinos de sus pueblos y les interrogó sobre las familias principales, si poseían muchas tierras, si disponían de numerosos criados, si sus casas exhibían artísticas rejerías... Sus contrincantes contestaron con inocente sinceridad, orgullosos de la calidad de sus convecinos y de la riqueza de su suelo. También se explayaron, para disgusto de Delfín, sobre sus fortalezas defensivas, la de Perales en un cerro, la de Villarejo, alta y estrecha, en su núcleo urbano.

En un momento dado, la fortuna cambió de amores y Delfín comenzó a recibir las cartas de cara. Que las bolsas de los otros quedaran vacías fue sólo cuestión de tiempo.

Delfín y Diego tuvieron que salir de espaldas de la taberna del irlandés con la mano puesta en la empuñadura del estoque. A los honrados agricultores también les disgusta perder, pero los licenciados en malas artes son inmunes a las miradas asesinas. Matías y Patricio se rieron.

—¿Has visto, Paddymulli? Los ha desplumado el hijoputa.

Padraig Mulligan buscó un garrote y lo situó a mano. Si estallaba una pendencia, pensaba ser imparcial. A Delfín lo conocía de mucho tiempo y, aunque sus bromas le hicieran poca gracia, era un buen cliente. Los labradores le habían vendido una fanega de cebada para fabricar su cerveza. Su objetivo era evitar el escándalo de una pelea en su establecimiento y le daba igual qué cabeza tuviera que sufrir las consecuencias.

No fue necesaria su intervención. Diego vio al salir que Dolores Mulligan asomaba su jeta angelical tras la cortina. Envalentonó el gesto antes de cerrar la puerta a pesar de que Delfín le había advertido que no servía ni para coima ni para esposa.

Matías se despidió de su amigo.

—Mañana nos vemos. Iremos al río a ver a la Vasques y a embelesar unos peces.

Matías salió a tiempo de ver cómo Delfín y Diego doblaban la esquina de la calle chica del Mediodía.

—¿Ganáis cuando queréis…? Esa sí que es deseable fortuna —le comentó Diego a Delfín cuando ya ascendían la calle de Calatrava.

—Es industria, don Diego. Embócese vuestra merced y no suelte la espada que la noche pardea a todos los gatos y la calle no es segura.

Caminaron pegados a las paredes, Delfín unos pasos delante de Diego. Antes de doblar una esquina se cercioraban de que no acechara nadie tras ella. Cambiaron de dirección muchas veces, bajaron calles que ya habían subido, dieron repetidas vueltas a la misma manzana, volvieron en ocasiones de forma repentina sobre sus pasos. Por fin, tras un gran rodeo, entraron sin percance en la posada.

—Tomad estas cartas y pasadles los dedos por el lomo con los ojos cerrados… ¿Qué notáis? —dijo Delfín ya en el cuarto.

Diego encontró lo que esperaba hallar en unos naipes recién usados por unos jugadores que acababan de cenar.

—Nada, que están algo pringosas.

—¿No percibís en éste una verruguilla? —Delfín le pasó el as de oros.

—Ah, sí, tiene un abultamiento.

—Pues no es producto de una enfermedad de la piel, está hecha con una punta roma. La carta se identifica por el lugar en que se sitúa la señal.

Todas están marcadas. Tocad ésta, ¿qué sentís en la yema de los dedos?

—Una sensación de aspereza, me parece algo más rugosa que las demás.

—Muy bien, pues es consecuencia de haberla raspado con mi barba de dos días. ¿Y esta otra?

Diego tardó casi un minuto en darse cuenta de que en el centro presentaba una zona más suave.

—La he pulido con un colmillo de jabalí.

—¿Las conocéis todas?

—Sí, aunque las señales se repiten, están situadas en lugares diferentes. Cuando reparto sé qué triunfos se llevan los demás y, si para ganar no me basta con ese conocimiento, al barajar retengo algunas cartas que luego sitúo donde me conviene. En el caso de que el juego beneficie a un contrario, introduzco una mala que interrumpa la sucesión. Esto se llama *dar astillazo*.

—Es toda una ciencia, don Delfín.

—Constituye una ciencia completa y se estudia en las tabernas; aprenderéis pronto y formaremos una buena pareja, un buen *tercio de chanza*, que es como lo denominan los del oficio. Os transmitiré las señas, os indicaré dónde debéis cortar y, con un poco de práctica, pronto sentaréis plaza de maestro. Y ya que vamos a formar un buen equipo y hasta habéis estado a solas con la que es como mi mujer, permitidme que en privado os apee el tratamiento.

—Podéis hacer lo que queráis, pero pienso que no está bien jugar con esas ventajas.

—No digas hidalgueces, Diego, que poco te importó utilizar unas ropas mías que no eran de mi talla. ¿Sabes por qué me venían grandes?

—No.

—Porque tampoco eran de mi propiedad. Yo también soy un hidalgo, pero un hidalgo de la uña. Tomo bienes prestados sin consentimiento de los dueños; bastante tengo con sobrevivir. ¿Prefieres a los hidalgos de gotera, quieres usar capa hasta en agosto para que no se vea que tu camisa sólo tiene pechera, te gustaría disponer de un cajón de migas como si fueras un palomo para extendértelas por las barbas tal que perfumes orientales con el fin de que, en el paseo por el Prado de los Trajineros o por el de los Jerónimos, la gente piense que acabas de comer cuando ayunas desde la Cuaresma hasta el Adviento y del Adviento a la Cuaresma, y no por devoción? No te engañes, Diego, entre los que viven del ingenio se encuentran más hidalgos que plebeyos, porque aquellos carecen de la posibilidad de aliviar sus necesidades mediante el desempeño de un oficio manual.

Unos golpes en la puerta interrumpieron la conversación. El posadero entró secándose las manos en una paño.

—Dispensen, hace como una hora vino una dama y preguntó por vuestras mercedes.

—¿Dijo cómo se llamaba? —Delfín apoyaba la mano cerca del puño de la espada.

—Sí, algo así como Maridiega. Manifestó mucho interés en encontrarle, como si existiera una urgencia.

—¡Ah! Es mi hermana. La dolencia de nuestro padre ha debido sufrir un agravamiento. Tengo que partir. Rápido, don Diego, haced vuestro equipaje. Y vos, amable posadero, calculad nuestra deuda. Partimos sin demora hacia Tembleque.

El posadero salió a cumplir el encargo con diligencia mientras Diego se incorporaba confuso e irritado. Ante todo deseaba descansar, estirar sus miembros fatigados entre unas sábanas blancas, acurrucarse como en un nido sobre un colchón de lana. No estaba acostumbrado a la zozobra y, después de una temporada de tantas emociones, necesitaba asentarse en un lugar seguro y empezar de nuevo.

—Pero si hemos quedado con el tal David —protestó.

—A la mierda el ropavejero; nos vamos.

A regañadientes recogió sus prestadas pertenencias mientras se preguntaba por la razón de tanta premura.

Tuvieron suerte. En la posada de El Dragón, en la Cava Baja, encontraron nuevo acomodo a aquellas horas. Se acostó vestido, notó un placer sobrehumano al tenderse cuan largo era en el lecho blando, se sintió seguro y feliz bajo el embozo de las sábanas. No tenía frío ni calor. Entró sin darse cuenta en una especie de limbo en el que permaneció hasta que, en un momento dado, recobró la conciencia para oír las carcomas, la respiración de Delfín, las ruedas de un carro sobre los adoquines, un gallo lejano, el ruido de sus propias uñas cuando se rascaba. Confiaba en que aquel 29 de septiembre de 1616, día del arcángel San Miguel, glorioso adalid de las huestes del Cielo, de las que ganaron, tras pasar la primera noche en mucho tiempo en una cama que mereciera tal denominación, la fortuna le depararía nuevas satisfacciones.

Un mochuelo triste emitió su canto desde una olma cercana. Ninguna hembra le respondió.

2. Los sueños de la duquesa

Los sueños de la duquesa se habían poblado de cruces peripatéticas que iban y venían. Vuelta sobre su lado izquierdo, se encontró en un estado de duermevela antes de que el sol emergiera de la tierra. Abrió los ojos. Las cruces se pararon. Disfrutó un rato del silencio, contempló en la semipenumbra la majestad de su cama con dosel y colgaduras. «Vanidad de vanidades», recitó. Cerró los ojos. Las cruces reiniciaron su trajín. Salvo que el duque quisiera usar de sus derechos conyugales, ella no pernoctaba nunca en el lecho matrimonial. Lo hacía sobre un duro catre de madera extendido a sus pies. En ocasiones se arrepentía de haber cedido ante su familia. Con su primer matrimonio ya había cumplido con los Mendoza. Su voluntad insistía en profesar en un convento carmelita, llegó incluso a raparse la cabeza con la intención de que su padre desistiera de su propósito nupcial. «Tu cabello tiene la mejor medicina en el tiempo», fue la respuesta del viejo. Resulta difícil que un Mendoza dé su brazo a torcer. Ella tenía treinta y tres años cuando fue, de nuevo, al sacrificio. Como Cristo. Y como Cristo se dirigió hacia la cruz, hacia la inmolación de su propia vida en aras de un enlace de compromiso del que no resultó una pasión, pero sí una convivencia afectuosa. Con su marido compartía devociones, hijos y patrimonio. No se arrepentía de haber cedido, pero su íntimo anhelo seguía puesto en la orden carmelitana reformada por Santa Teresa. Aquel día se vestiría de vasto sayal. Abrió los ojos. Las cruces se detuvieron. Dio dos palmadas. Al punto se abrió una puerta y un frufrú de faldas apresuradas se dirigió a la ventana.

—Magdalena, tráeme mi hábito.

—Enseguida, excelencia.

La criada, natural de Valdeolivas, en los dominios originales del Infantado, comenzó a rezongar en cuanto abrió la puerta del armario.

—Chorra, con el hábito. Dios da hacienda donde no hay inteligencia. Si es que se casan entre ellos, tíos con sobrinas, primos con primas para que todo quede en casa. La consanguinidad produce lelos. Ella, que es una duquesa, desea vivir como una monja. Y a mí, que me gustaría llevar la vida de una duquesa, me toca malvivir como una pobre criada.

—¿Qué hablas, Magdalena?

—Nada, excelencia, cosas mías.

—Pues deja tus cosas para después y date prisa que necesito hacer mis devociones antes de que salga el sol.

Se colocó un cilicio alrededor de la cintura y una argolla alrededor de cada brazo. Las apretó hasta que se le saltaron las lágrimas. Buscó su cadena de oro y se la puso al cuello. Besó la medalla de San Francisco, la de la Virgen y la de San Benito, un Agnus Dei y las cuentas de indulgencias. Luego pasó a los escapularios, algunos estaban empapados en humores resecos de mártires.

Sentía una apremiante necesidad de expiar sus culpas, se notaba sucia por dentro, una prostituta o mejor una alcahueta explotadora de su propia hija. «¡Pobre Luisa!», musitó. Su primogénita, la condesa de Saldaña, en manos indignas de abrazar a la más vil de sus criadas.

Desde que se vio obligada a dejar Guadalajara para acudir a la Corte en Valladolid, había carecido de tranquilidad de ánimo. «No me iba yo a arredrar —se indignó— ante el señor consorte de Fresno del Torote. ¡Qué atrevimiento! ¡Qué tremenda ambición! De señor de una humilde aldea a cabeza de la Gran Casa Ducal del Infantado. Vergüenza debería darle siquiera pensarlo. Estamos buenos para gastar fondos en pleitos. Maldito avaricioso. Perdonadme, Señor, por maldecir… No es más que una prueba de mi paciencia, ¿verdad? La sufriré con resignación, pero no permitiré que se salga con la suya. ¿Me casé con mi tío para nada? ¡Ah, días de boda, días de gloria! Yo, una niña y él, un galán cincuentón. Pero qué feliz me hizo. El 20 de enero se cumplirán treinta y cinco años. Bodas regias, las llamaron. Ya las publicatas se proclamaron en misas mayores concelebradas por cuatro clérigos con música de órgano y coro de ministriles tras la dispensa de parentesco otorgada por el Santo Padre. El púlpito se encontraba aderezado con lujoso dosel para anunciar al mundo la noticia de mi boda. Por la noche, los caballeros deudos de mi casa organizaron un desfile de máscaras a la luz de las antorchas y jugaron los arcabuces cebados sólo con pólvora a lomos de sus monturas. Soltaban llamaradas que parecían salidas de la boca del dragón de San Jorge. Me estremecí de emoción, mucho por el estruendo y un algo por pensar que ese espectáculo tenía su causa en la celebración de mi matrimonio. En la mansión se extremó la actividad. Los heraldos partieron en todas direcciones. A Medina de Rioseco, a Mondéjar, a Granada, a la sazón casi un feudo de mi familia. Otros caballeros recorrieron las tierras de Colmenar en busca de toros dignos de ser corridos. Pronto se extendió la noticia por nuestros dominios. Una mañana nos despertó un tambor de aires marciales. «Guerra tenemos», exclamé sobresaltada. Corrí al balcón para toparme con la escena más graciosa de mi vida. Una compañía de rústicos marcaba el paso con azadas y palos sobre el hombro en lugar de las picas y las lanzas de la milicia. A su frente, cabalgaba el capitán a lomos de un rucio. Eran las buenas gentes de Marchamalo que, enterados de que deseábamos allanar la plaza que se extendía ante el palacio, nos ofrecían espontáneos su colaboración. En sucesivos días fueron emulados por los de Cabanillas, Usanos y Chiloeches. Los de Taracena e Iriepal se presentaron juntos, capitaneados por una botarga, el rey-pájaro lo llamaban, con una escuadra de arcabuceros que anunciaron con estampidos de pólvora su presencia. Luego llegaron los obsequios: perdices, liebres, terneras, cabritos, manzanas, nueces, jabalíes, gansos, perniles curados, castañas. La despensa rebosaba de frutos de la tierra y de animales del monte. ¡Y qué galán estaba don Rodrigo con sus vestiduras blancas bordadas de plata! ¿Cómo estaría yo? Él me besó la mano y me declaró la más encantadora de las mujeres. Yo me sonrojé como si se reflejara en mi rostro el bermellón de mi vestido recamado de oro. ¡Qué elocuente resultó don Bernardino en la homilía! ¡Qué ceremonia tan solemne! Con toda la nobleza de España como testigo. Se pensarían los enmascarados que no los reconocía. El hecho de que no los invitáramos por enemistades añejas no significaba que se quedaran sin lugar en el banquete. Lo valiente no quita lo cortés. Y si les picaba que se rascaran.»

La duquesa hizo una pausa en sus reflexiones para preguntarse si este último pensamiento había sido inducido por el recuerdo de la rivalidad con otras casas nobles o por el contacto de su piel con el áspero paño de su hábito marrón.

Magdalena se agachó para coger el orinal. Con él en las manos se dirigió al pozo negro. La turbidez del líquido no dejaba distinguir los trazos de los escudos de los Mendoza y los Enríquez plasmados en el fondo de la porcelana.

La duquesa inició sus devociones. La repetición de jaculatorias le producía un efecto hipnótico. Se instalaba en un mundo de paz, exento de los sinsabores y desasosiegos que tanto abundaban en su vida desde que en 1601 heredara el ducado. Hasta había entregado a una hija al ser más abyecto de España, todo a mayor gloria de los Mendoza. Y ahora lo tenía de consuegro. «Bien empleado le está —evocó con placer sucesos más recientes—. Su propio primogénito a punto ha estado de lograr su muerte. Ahora ya es cardenal y ha devenido incombustible. Nada puede contra él el rey. Es amianto, incapaz de alimentar ninguna hoguera. Me hubiera gustado verlo iluminar la noche de Madrid con sus propias mantecas, las mantecas infernales del maldito Duque de Lerma.»

Volvió a sentirse indigna y necesitada de perdón. Había vendido a su hija primogénita, a su Luisa, a cambio de apoyo en el pleito por el ducado y de cargos para su marido: caballerizo mayor del rey y duque de Mandas. Hasta el título parecía elegido con regodeo. Imaginó que «a mandar, valido» sería la respuesta que con más asiduidad podría oírse en la boca del duque consorte del Infantado. Lo de Consejero le gustaba más, siempre un Mendoza había ocupado alguno de los escaños del Consejo del rey. No le importaba que por este motivo no lo viera la mayor parte del día. «¡Ay,

Señor —oró—, ¿por qué me afligís? ¿por qué me obligáis a convivir con la indignidad? ¿Constituye una penitencia? Asignadme cualquier otra, os lo ruego... Pero qué digo, si ya no tiene remedio. ¿Por qué recibiría al tal Pedro Franqueza? Aunque con él bien pude salir del paso sin decir ni sí ni no. Tuvo que ser el de Lerma en persona quien me cerrara el camino. No pude escapar, mi niña tan chica, él tan poderoso. Distinto era tenerlo de aliado que encontrarlo enfrente. Todo a mayor gloria de los Mendoza, me aconsejó mi confesor Hernando Pecha, pero, claro, él es un jesuita, yo no. El de Lerma me hablaba de fundar un cuantioso mayorazgo como lo que es, como un advenedizo venido a más, un intrigante sin honor que me hizo perder el mío. ¡La primogénita de los Mendoza con el segundón de los Sandoval! Estaba demasiado en juego. Vendí a mi hija con el pañuelo sobre las narices. ¡Qué boato en Valladolid el día de su boda! ¡Qué tristeza! Diferente fue la mía. Ojalá que sirva para obtener un heredero varón. Será un Mendoza contaminado de Sandoval. Ya me encargaré yo de que prime lo primero sobre los segundo. Pero el hombre propone y Dios dispone. Me gustaría conocer la voluntad de Dios, sus disposiciones sobre mi futuro. Ay, si Fray Hernando Pecha me trajera noticias de la beata de Alcázar de San Juan. Pero ahora está en Guadalajara, en su casa, y tardará en volver a su colegiata de Belmonte. Ay, Señor, dadme paciencia... Y encima a la beata de Consuegra su confesor le ha prohibido tener visiones antes del día de la Virgen del Rosario… Ay, Señor, qué tranquilidad me embargaría de saber que el sacrificio de mi niña ha valido la pena, que el juicio resulta fallado a mi favor, que nace un heredero que no se parece a su padre y llega a ser la digna cabeza de la casa de los Mendoza… Pero son sueños y quimeras… ¿Qué me tendrá Dios reservado?… Señor, no seáis cruel con mi dignidad, dispensadme ese bache en el camino de la perfección. Prometo excederme en otro aspecto, pero dejadme ese resquicio de orgullo, Vos me hicisteis una Mendoza, permitidme serlo con dignidad, amén.»

—¡Magdalena! ¿Dónde te metes?

Recibió el silencio por respuesta. Luego oyó unos pasos apresurados y apareció la criada.

—¿Dónde te metes? —repitió la pregunta.

—Estaba en mis labores, excelencia.

—Andas siempre de un lado para otro y no resuelves nada. Eres como la senda de los Mandambriles, que no lleva a ninguna parte.

—¡Ja, a ninguna parte! Buenas tajadas de magro, buenos chorizos y lomo de orza que se comen los que van por ella el jueves lardero; y no una, que no sale a la calle más que para oír misa.

—No seas descarada, Magdalena. Ve al jardín y tráeme una fuente de higos, quiero desayunar… Y no te pierdas.

—Descuide, doña Ana —Magdalena estaba satisfecha porque se había desahogado un poco con su ama. Se alejó con un pensamiento bajo el moño: «vaya leche que tiene hoy la duquesa, maldita engreída, tiesa como una mierda pinchada en un palo».

El jardín olía a manzanas maduras. Un hortelano cincuentón cavaba las malas hierbas.

—Magdalena, dichosos los ojos. Cada día estáis más guapa.

—Y vos más atrevido.

—El amor me vuelve así —el hortelano apoyó las dos manos sobre el astil de la azada y le dedicó una sonrisa maliciosa.

—Y qué dice vuestra esposa de esta cualidad —le contestó Magdalena con los brazos en jarras.

—¡Ay, Magdalena, qué desgracia! Mi mujer no me comprende, no entiende que posea un corazón amplio y generoso. Llevada de sentimientos egoístas y mezquinos, lo pretende todo entero para ella, no desea compartirlo, ejemplo de caridad cristiana sería, con ninguna otra. Pero yo os amo a vos, os veo tan lozana, tan encantadora.

—A vos yo os veo tan servicial que os pediría que subierais a la higuera para recoger sus frutos —ahora era Magdalena la que sonreía—. Son para la duquesa y si no os dais prisa, le diré, no sólo que me retrasé por vuestra culpa, sino que me importunasteis para que cometiera actos contra el sexto de los mandamientos del Señor.

El jardinero perdió todo interés en la conversación y escogió los higos más maduros entre maldiciones mentales que ponían en duda la honestidad de la madre de Magdalena. Tras entregarle los suficientes para llenar la fuente se despidió de la criada.

—Vuestro corazón es como un higo verde: duro e insípido.

—Hace un momento sólo me veíais cualidades.

—Pues sólo eran apariencias. Por fuera sois lozana y muelle, por dentro seca, arisca y tan amarga como la cera de los oídos.

—Y vos sois un viejo sinvergüenza. Si deseáis divertiros acudid a un lupanar y respetad a las mujeres cristianas.

Lo que más molestaba a Magdalena era que el hortelano supusiera que podía conseguirla gratis. «Que me crea deshonesta, pase; pero que piense que soy tonta no se lo consiento ni a él ni a nadie», se dijo.

Magdalena caminó hasta uno de los pilares que sostenían la galería meridional y se sentó tras él sobre un poyete. Apoyó la fuente de loza en su halda. Cogió cinco higos y se los comió. Estaban buenos, quizá demasiado maduros. No resistió la tentación de repetir el proceso con otros cuatro. Se limpió las manos pegajosas con el mandil y penetró en el palacio.

—¿Cuánto tardas?

—Estaban muy altos, excelencia, y me los ha tenido que alcanzar un jardinero.

—Y te habrás quedado de cháchara.

—La mínima, excelencia, mientras me los daba.

—Pero, ¿cómo? Esto es todo lo que produce mi higuera.

—Los demás estaban verdes, excelencia.

—Pero si hace dos días que no mando a cogerlos. Alguien me roba los higos.

Magdalena sonreía por dentro.

—Puede ser que el mal tiempo haya impedido su sazón.

—Es imposible. A estas alturas todos deberían estar pasados. Alguien me los roba y averiguaré quién es.

—El jardinero dice que Feliciana y doña Joaquina rondan mucho la higuera.

Magdalena sintió una sensación contradictoria. Por un lado, un cierto remordimiento por acusar a unas compañeras. Por el otro, el desahogo de hacerles probar su propia medicina. Estaba harta de ser difamada por aquellas que se ganaban la confianza de los duques mediante el método de desprestigiar a las demás con maledicencias.

La duquesa la miró mientras pelaba el primer higo. No sabía si creerla o reprenderla. El sabor dulce, pastoso, la impresión de sentir en el paladar los granitos crujientes le borraron de la cabeza la duda. Su higuera daría pocos higos, pero resultaban deliciosos como todo lo que se plantaba en su casa: escogido y poco numeroso. Una elite de plantas, una elite de cuadros, una elite de muebles, una elite de personas. Debía reducir el número de fámulos, demasiados parásitos mal educados. Habían permanecido mucho tiempo solos, todo el que la familia había vivido en Valladolid, y habían aprendido malas mañas. Ya pensaría qué hacer con Magdalena. Ahora tenía que concentrarse en su gusto. Peló el segundo. «¿Incurriré en el pecado de la gula? —se preguntó—. No creo —fue la respuesta que se dio a sí misma—, son alimentos simples, alimentos humildes, dignos del gusto santo de un eremita. Ese sería mi ideal, encerrarme en mi palacio como en una cueva del desierto. Ser una ermitaña, pero sin descuidar la administración de mi patrimonio. ¡Uf, éste está demasiado maduro!»

—Magdalena, tráeme una jofaina.

La criada se apresuró a salir de la habitación y volvió con una llena de agua.

—He dicho una jofaina, no una jofaina llena de agua —la duquesa se vio en dificultades para pronunciar la frase. Tenía el higo a medio masticar y los trozos pugnaban por escapársele de la boca al pronunciar las consonantes.

Magdalena salió en medio de un vuelo airado de faldas con el pensamiento de que a la duquesa ya sólo le faltaba farfullar para ser una tonta de la baba. Vació la jofaina sobre un macetero de geranios. La tierra, bien abonada de cagarrutas de oveja, resultó incapaz de absorber el agua que le venía de golpe y se desbordó en unos churretes que mancharon la cerámica.

—¡Vaya! Luego me tocará limpiarlo —dijo. Vio que en el fondo de la palangana quedaba una fina película de agua. Se dirigió a la baranda de piedra y vertió el líquido sin avisar. El agua mojó la cabeza de un grifo, se deslizó por los relieves, acarició la melena de un león y, por fin, se precipitó sobre Jeremías. El mayordomo la recibió en una calva redonda enmarcada de guedejas grises en la nuca y sobre las orejas. Miró hacia arriba e iba a mentar a la madre del culpable cuando se dio cuenta de cuál era la puerta que, en la galería superior, se cerraba apresuradamente.

—Buenos días, señora duquesa —saludó.

Esperó una respuesta. Al no obtenerla, se marchó refunfuñando.

Magdalena, tras la puerta, esbozaba una amplia sonrisa de satisfacción. «Te está bien empleado, viejo bujarrón pelotas» —dijo para sí misma.

Volvió a la estancia y sujetó la jofaina bajo la barbilla de la duquesa para que ésta escupiera lo que tenía en la boca. Luego, se marchó. La duquesa escogió otro higo. «Menos mal que me he apercibido a tiempo —pensó con alivio—. Sólo me hubiera faltado padecer una descomposición el día de la audiencia con la reina. Aunque sería una manera de limpiarme por dentro sin acudir a las purgas del médico Matut. La servidumbre me pierde el respeto si me ve ocupar la mañana en esos menesteres y no puedo pensar en ellos mientras saboreo estos higos deliciosos. Quizá me apetezca después comer unas moras; sería un buen remedio para la insolencia de Magdalena, aunque me vería obligada a cambiar de camarera, no iba a dejar que me sirviera alguien con los brazos surcados de arañazos. No sé. Tampoco sería mala lección para Rafaela. Lo pensaré, tal vez para otra ocasión. También forma parte de mis deberes corregir la conducta de mis criados.»

—Magdalena, Magdalena... ¿Dónde se meterá la condenada? —la duquesa apoyó la fuente sobre una mesilla y se dirigió hacia un reclinatorio.

Magdalena apareció presurosa lamentándose de sufrir la confianza de la duquesa. Qué ganas tenía de ocuparse de otros menesteres en la casa, trabajaría mucho menos y hasta es posible que estuviera mejor considerada. Así se pasaba todo el día al retortero para encima aguantar que se criticara su labor.

—¿Qué deseáis?

—Llama a Jeremías.

—Enseguida, excelencia.

Magdalena bajó las escaleras con el ánimo deprimido e irritado. Comenzaba a estar harta, todavía no había tenido tiempo de desayunar, menos mal que se había comido los higos, y ya convocaban desde el campanario de San Andrés a misa de ocho. Tuvo que soportar algunas impertinencias de los canteros moriscos que trabajaban para convertir el ala occidental del palacio en una zona de retiro espiritual para la duquesa. «Mucho deben haber pecado estos Mendoza, —pensaba Magdalena— para desear esta vida tan retirada.»

Ni en el patio, ni en ninguna de las dependencias del piso de abajo encontró a Jeremías. Por fin alguien le dio noticia de que había salido hacia la iglesia. Volvió junto a su ama para darle cuenta del fracaso de su gestión.

—El palacio está casi vacío, sólo quedamos los albañiles, vuestra excelencia y una servidora.

Jeremías y los demás se han marchado para asistir a misa.

La habitación estaba en penumbra, la duquesa permanecía arrodillada sobre un reclinatorio de terciopelo morado. Le colgaba un rosario de las manos juntas. Enfrente, en el altar, dos bustos de porcelana representaban a los santos cuyas reliquias contenían. El uno, tonsurado, de mirada mística dirigida al techo y con un gracioso escorzo en la cabeza, representaba a San Francisco y constituía un regalo del Padre Guardián del convento franciscano de Guadalajara. Si se movía, en su interior sonaba una rótula del santo de Asís. El mismo fraile le había ponderado la importancia del obsequio haciéndole ver la cantidad de vértebras y otros huesecillos menudos que contiene el cuerpo humano; «rótulas, sin embargo, sólo tenemos dos», había concluido. La otra reliquia, en efecto, estaba constituida por una vulgar falange de un dedo del pie de Santa Catalina de Alejandría, virgen y mártir, y su busto, heredado por la duquesa de su bisabuelo, el tercer duque, que dilapidó parte de la fortuna familiar en el mantenimiento de madres de bastardos y en la compra de bulas y reliquias, la representaba con atavío monjil.

—Hoy es el día del alarde de San Miguel en Guadalajara —doña Ana de Mendoza apoyó el rosario sobre el apoyabrazos del reclinatorio y se volvió a su criada—. Vanidad de advenedizos… Ja, los honrados caballeros de la Orden de la Banda… Qué se habrán creído esos menestrales con ínfulas que hasta se atreven a dudar de las prerrogativas de la Casa del Infantado... Pero, claro, tienen apoyo en los reyes y se atreven a todo... Vaya unos señores, enriquecidos en oficios deshonrosos, desfilando en caballos más acostumbrados a tirar del carro o del arado que a portar a caballeros —al incorporarse la duquesa sintió un cierto alivio en las rodillas.

—Magdalena, ¿tú asististe al alarde del año pasado?

—No, señora. Una parece que tiene prohibido salir de palacio, sea de éste o del de Guadalajara —Magdalena esperó con interés a que la queja llegara al cerebro de su ama. Luego evocó el espectáculo que había presenciado en otras ocasiones: lindos caballeros que corren lanzas, que demuestran sus habilidades sobre sus piafantes monturas, un mercado lleno de cintas de colores alegres, telas suaves, afeites y dulces sabrosos. Me va a enterrar en vida esta loca, se lamentó.

La duquesa se dirigió hacia el Cristo de tamaño natural que yacía sobre un manto de terciopelo lila orlado de una greca negra. Acarició con la yema de los dedos las espinas. «Todas las coronas tienen espinas —pensó—, hasta las ducales». Descansó los ojos sobre los de la imagen; parecían mirar más allá del techo artesonado, hacia el techo celestial.

Volvió la cara hacia su criada. Magdalena bajó los ojos.

—Con esos caballeros de pacotilla todo es posible: el año pasado resultaron cinco heridos, uno de ellos, grave. Raro es el torneo organizado por el concejo en que no acontece una desgracia. Ah, qué tiempos aquellos en que las justas y los juegos, hasta los toros, se organizaban en la plaza del palacio. El espectáculo se desarrollaba en un ambiente de general alegría. Nobles y plebeyos, caballeros y villanos disfrutaban por igual... Recuerdo los que se celebraron con ocasión de mis primeras nupcias. Contendían diez bandos, cada uno formado por cuatro caballeros equipados con vestiduras del mismo color. Qué diferencia con los actuales. Por más que el corregidor se empeñe en agotar las arcas del concejo, los que se celebran en la Plaza Mayor o los mismos de la Carrera no llegan al calcañal de aquéllos. ¿Verdad, Magdalena, que no tienen nada que ver?

—No sé, señora, yo no asistí a los de su boda.

—Tienes razón, eres demasiado joven... ¿Por qué tardará tanto Jeremías?... Los caballeros de ahora son capaces de poner puntas de hierro a sus cañas. El duque parte hoy mismo para Guadalajara. Ya nos contará a su regreso el desarrollo del alarde. Verás, entonces, cómo no me equivoco, cómo hay heridos... Es que ya no se respeta nada. Quién me iba a decir a mí que mis ojos verían a un don nadie pretender a una Medrano Mendoza. Y encima a Emilia ni le molesta, le halaga que la corteje ese portugués. ¿Dónde estará Jeremías? ¡Magdalena, Magdalena!

Miró a su derredor en busca de su criada.

—No grite, excelencia, estoy aquí. Ya le he dicho que Jeremías oye misa en San Andrés...

Anda que vaya día que tiene hoy vuestra excelencia, ¿qué quiere ahora?

—Calla, insolente y ve a buscar a Rafaela.

—Ahora mismo voy... Y a ver si le manda algo a ella que para ser una negra vive muy regalada.

En eso era en una de las pocas cosas en que estaba de acuerdo con su criada. Todos los varones Mendoza cojeaban del mismo pie, las mujeres. «Desde el marqués consorte de Santillana que cortejaba serranas y pastoras hasta el último, pasando por los del medio. El tercer duque, mi bisabuelo, tuvo un hijo con una gitana contorsionista de un circo ambulante. Le compró una posada para tenerla cerca y al hijo le dio carrera eclesiástica y quiso hacerlo obispo; no lo consiguió por los pelos. Y luego a la vejez se casó con una criada, María Maldonado, hija del aguador de palacio. Su hijo Martín, el gitano, embarazó a una Cervantes, me dicen que Miguel de Cervantes, el autor de comedias, discípulo de López de Hoyos, que murió esta primavera pobre y solo en una casa de la calle de los Francos, era sobrino de aquella Cervantes. Seiscientos mil maravedíes les costó el pleito a los Mendoza. De poco les han servido a los Cervantes, por lo que se ve... Y ahora, los virreyes y gobernadores Mendoza de ultramar se dedican a engendrar criaturas en indias o en negras o en yo que sé qué y me manda una, ya moza, porque dice que es la hija de su corazón y desea que se le dé una educación cristiana y que se la case decentemente. Habráse visto.»

—Aquí viene Rafaelita, doña Ana.

La duquesa la observó en silencio. No le veía rasgos de Mendoza, pero reconocía que era guapa. Si no fuera por el color de la piel, la hubiera considerado muy hermosa.

—Rafaela, ve a despertar al duque, ayúdale a vestirse y a preparar el equipaje.

—Enseguida, excelencia.

Observó cómo se alejaba.

—Magdalena.

—Sí, excelencia.

—¿Qué tal va lo de Rafaelita con el negro Ostirala?

—Mal, excelencia, no quiere saber nada de él, no quiere ni verlo, prefiere quedarse a vestir santos antes que casarse con él.

—Bueno, ya veremos... ¿Y cómo sufre Inocencio Ostirala su rechazo?

—Muy mal, dice que qué se habrá creído esa negra, que él es limpio de sangre como nuestro padre Adán porque pasó de la inocencia natural a la verdadera fe sin contaminación de sangre de judío o moro y sin contacto con sus doctrinas impuras. Él se encontraba en la naturaleza, como el primer hombre en el paraíso y lo sacó de ella un Viernes Santo su padre espiritual, el padre Echemendi, jesuita, de sangre limpia y doctrina resplandeciente, por lo que nada le pudo contaminar. Exige que se le trate como a un hidalgo pobre y no se le encomienden tareas deshonrosas que han de ser desempeñadas por aquellos de sangre no pura, de sangre sospechosa, porque lo importante es la pureza de la sangre y no el color de la piel.

—Bendito sea Dios —exclamó la duquesa.

—Por siempre sea alabado —le respondió la criada.

Ambas se persignaron para, acto seguido, mirar hacia la puerta que se abría. Rafaela apareció en el umbral.

* * *

Los sueños del duque apenas llegaban a ser. Caía en su cama de baldaquino cansado físicamente, pero sus ojos se negaban a cerrarse, se negaban a dejar de ver. Los sueños del duque constituían visillos tenues extendidos ante sus ojos que apenas le velaban la realidad. Se tendía y estudiaba la historia de Atalanta e Hipomenes y de las tres manzanas, y de la influencia de Venus y de la codicia y de la curiosidad y las carreras por el bosque y de la gruta en donde el vencedor prevé disfrutar de su premio, su propia contrincante, y de la casta Cibeles que se tapa los ojos y convierte en leones a los que la escandalizan. Se preguntaba que qué hacía un perro en una escena que no era de caza y la razón que había llevado al autor del tapiz a mezclar a Atalanta con Diana. Atalanta con el *peplum* al viento, corriendo delante de Hipomenes con una expresión de inseguridad que no parecía auténtica, como si fingiera. Luego perdía la conciencia y despertaba en la madrugada; ya no veía nada, el candil había agotado su aceite, pero la torcida aún humeaba, notaba su olor. Pensaba en su existencia, en las sutiles vejaciones de la Corte, en las humillaciones de su vida conyugal. Debía irse a Guadalajara y permanecer en ella con una excusa, alguna relacionada con la administración ordinaria de su patrimonio. «Estamos en San Miguel —se dijo—, es la fecha de recibir tributo de los aparceros, de renovar o confirmar mayorales y pastores, de vigilar la vendimia, de comprobar que el cereal permanece en los graneros con todas las medidas necesarias para permitir que llegue hasta la primavera en buenas condiciones. Especialmente los criados deberán tener cuidado de que las gatas críen junto a los graneros y de dejarles una gatera. Aunque no conviene abrir camino al enemigo, ratas y ratones acaban por entrar de una manera u otra. Mejor dejarles hecho el agujero, así no tendrán que excavar túneles que originan un daño mayor y los gatos tienen el acceso más fácil. Favorecer al aliado aunque el enemigo obtenga ventaja —pensó—, he ahí la estrategia. Nunca se compensa, siempre quedará algo a nuestro favor... Los Sandoval, vaya calaña y qué compromiso. ¿A quién no apoyo? Al duque de Lerma o al duque de Uceda. Al suegro o al cuñado de mi hijastra primogénita. ¡Qué peligro tiene cualquier movimiento! El de Lerma parece acabado pero quién me asegura que no renace de sus cenizas cual ave fénix para recuperar el poder, protegido por el capelo cardenalicio, y pedir cuentas a los que lo abandonaron en la adversidad. El más mínimo cambio de postura puede resultar mal interpretado. Hasta el detalle más intrascendente puede dar lugar a susceptibilidades en el padre o en el hijo. Luego ya quedaría encasillado para los restos. Nada de eso me conviene, debo de poner tierra por medio, debo alejarme de la Corte, buscar refugio en mi palacio de Guadalajara, tomarle el pulso a la ciudad, recibir información de los regidores que me deben el cargo, hablar con concesionarios y administradores, a lo mejor hasta asisto al alarde de San Miguel con una expresión de desprecio hacia tanto supuesto caballero. Aunque no sé si la duquesa lo aprobará. Ella piensa que el máximo desprecio es la ausencia sin excusas. Incluso es posible que sugiera mi asistencia para que luego se vea mejor mi silla vacía en el estrado de honor. El problema de España es que ya nadie se conforma con el antiguo orden, todo sueñan por encima de sus posibilidades. Jamás hubiera imaginado que un plebeyo pretendiera a una Medrano Mendoza y ahora, sin embargo, de no tomar medidas, podríamos encontrarnos con que Emilia se fuga con un cazafortunas y vuelve con hechos consumados para que él pueda vivir de ella el resto de sus días. Oh, tiempos; oh, costumbres. Hasta la fornicación debe ser cometida con gente de la propia condición social. Veamos si no el ejemplo del Gran Cardenal González de Mendoza. Engendró tres hijos en dos damas principales. Qué mérito tiene acostarse con plebeyas, se consiguen mediante regalos irrisorios, por un collar de cuentas, a cambio de un rebozo o una tela para un vestido.»

El duque cortó el hilo de sus pensamientos al oír que la puerta de su habitación se abría. Unos pasos tenues la cruzaron y descorrieron las pesadas cortinas de un terciopelo del color del vino tinto. Contra la claridad lechosa del amanecer se dibujó una figura femenina. El duque observó con interés cómo la luz traspasaba las telas y dibujaba la silueta de un cuerpo.

—¿Cuántas sayas usas, Rafaela?

—Buenos días, don Juan. Tres, llevo tres sayas, una sobre otra. ¿Por qué lo pregunta vuestra excelencia?

—Por nada, por nada, pero pienso que una joven decente y más si, como tú, pertenece a una casa noble, debería llevar no menos de cinco.

—No hace tanto frío todavía, excelencia, acaba de terminar el verano —Rafaela Vázquez lo dijo con absoluta seriedad, pero aquellas palabras puestas en su boca de labios gruesos de un color rojo oscuro, de ciruela Santa Rosa, acompañadas de una mirada negra y brillante, de un negro aceitado, como de antracita, en sus ojos grandes y algo achinados, tuvieron la virtud de resultar insinuantes.

—No es por el frío, Rafaela —el duque no le sostuvo la mirada. Ella colocó la colcha para que colgara en la misma medida a ambos lados de la cama y dobló el embozo para que la manta de lana no tocara la piel del duque. Al hacerlo se agachó y don Juan vio sobre sí aquel rostro tan bien formado, aquella piel satinada, aquellos labios tan besables, incluso pudo ver parte de unos senos, dos semiesferas blandas y perfectas.

—Déjalo, Rafaela, ya me voy a levantar. Dile a Jeremías que venga.

El duque siguió sus pasos hasta que salió. Ella en ningún momento levantó la mirada, ni siquiera cuando tuvo que volverse para cerrar la puerta de doble hoja desde fuera.

El duque permaneció en el pensamiento de que la presencia de aquella muchacha en sus aposentos era una tentación difícil de vencer. Imaginó sus propios dedos afanados en acariciar aquella suavidad del color de la avellana, aquella mezcla de seda y terciopelo; imaginó que su voz melosa le decía: «Os amo, excelencia», con esas eses silbantes que se meten por el oído y llegan directamente al corazón o incluso un poco más abajo. Sacudió la cabeza para borrar de su cerebro tales pensamientos e inició el rezo de un padrenuestro. Cuando llegó al «y no nos dejes caer en la tentación», lo pronunció con más énfasis y lo repitió tres veces. Los golpes en la puerta sonaron al mismo tiempo que acababa la oración.

—¿Quién es?

—Soy Jeremías, excelencia.

—Pasa.

—Buenos días, excelencia. ¿Ha descansado vuestra excelencia bien?

—Sólo a medias, Jeremías; tráeme el orinal.

—Lamentó que me diga eso, señor duque.

—¿Cómo? ¿Te niegas a servirme?

—No, no, excelencia, ¿cómo puede pensar eso? De lo que me lamento es de que vuestra excelencia no haya descansado bien.

—Bueno, déjate de zarandajas y lamentaciones y tráeme el orinal.

Jeremías se agachó y tanteó debajo del lecho. Al no encontrar nada, se puso de rodillas y lo localizó con la vista.

El duque se bajó de la cama y se subió la parte delantera del camisón. Jeremías le aproximó el orinal y miró forzadamente hacia su izquierda, en parte por discreción y en parte por eludir los vapores hediondos de las orinas acumuladas durante la noche. No obstante, la velocidad de su movimiento resultó insuficiente para no observar que lo que su excelencia sujetaba con su mano izquierda era considerablemente mayor que lo que de forma habitual sostenía a aquellas horas. Calculó que su dedo índice y su dedo pulgar estaban separados por unos buenos cuatro centímetros de carne semitiesa y sintió un estremecimiento. Tragó saliva. Aquel día no iba a poder eludir la tentación de visitar la calle de los Mancebos. Suspiró. Lo lamentó por su amigo Giovannello. El ruido del chorro se demoraba. Miró al duque a los ojos.

—Creo que no tenía tantas ganas como pensaba. Prepara mi equipaje, parto esta misma mañana para Guadalajara. Tú te quedas con la duquesa al cargo de la casa.

El duque tenía la cara enrojecida.

—¡Ah, Jeremías! No quiero que bajo ningún concepto, nunca más, me despierte Rafaelita. ¿Está claro? Nunca jamás.

—Lo lamento, señoría, fue idea de la duquesa.

—¿La duquesa? —el duque permaneció pensativo—. ¿Cómo lo sabes?

—Me lo ha dicho la propia Rafaelita.

Para no dar a entender que aquella noticia le causaba inquietud simuló que observaba la escena de Atalanta e Hipomenes en el tapiz flamenco.

* * *

La entrada de Rafaela sorprendió a la duquesa acariciando con la yema de los dedos algunos relicarios.

—¿Qué haces aquí? —preguntó con severidad.

—Su excelencia el duque me dice que no me necesita.

—¿Se va a vestir solo? ¿Va a hacer él mismo su propio equipaje? —insistió con más de reproche que de curiosidad.

—No —contestó Rafaela—, está con él Jeremías.

—¿Jeremías? Ved, excelencia —constató Magdalena—, ya ha aparecido.

—A ver, Rafaela. Quiero que vayas al Manzanares a lavar mi ropa blanca y quiero que, antes de venir, recojas unas moras de las zarzas de sus riberas. También quiero que si ves a algún pescador le compres unos peces, los que tenga... Ah, y antes de irte, quiero que le digas a Jeremías que quiero hablar con él inmediatamente.

Rafaela se alejó sin despedirse, con la cabeza muy alta.

La duquesa se sentía decepcionada. «Mi marido —pensó— no parece un Mendoza o Rafaela se comporta como una verdadera Mendoza. ¿Tendrá algún apaño en el Alcázar Real que le sacia el deseo y ocasiona que no aprecie que lo sirva una mujer hermosa? ¿Será ella una mujer honrada que no ha heredado el físico, pero sí el comportamiento moral de una auténtica Mendoza? ¿Habrá salido de la cámara porque ha visto en él señales de deseo? Le preguntaré a Jeremías... La pureza en la mujer es una cualidad divina. Ay, Señor, ¿cuándo querrán proclamar en Roma el dogma de la Inmaculada Concepción? En esa causa no estoy dispuesta a ahorrar dinero ni esfuerzos, es una causa grande y justa, merecedora de cualquier sacrificio. La Virgen dio a luz sin que el inicio de la gestación, ni el embarazo, supusieran merma en su virginidad. ¿Puede resultar increíble? Cosas más difíciles ha hecho Dios y nos las creemos. No concibo que el Todopoderoso permitiera la estancia de su hijo único en un nido profanado por el miembro asqueroso y babeante de un varón aunque fuera del Santo José. Yo, que por las obligaciones de mi estado y situación, y para proveer de herederos a mi Casa, me he visto sometida a satisfacer las necesidades de mis dos maridos, primero de mi tío don Rodrigo y después de mi primo don Juan, conozco la náusea de ser penetrada, de ser agitada y sofocada para acabar inundada por un chorro de líquido cálido y viscoso. No, me resulta inconcebible. Dios no permitiría que la madre de su hijo se viera sometida a tal indignidad, a tales bajezas más propias de bestias que de seres humanos. María concibió virgen, parió virgen y virgen murió.»

—Doña Ana, aquí está Jeremías.

—Buenos días, excelencia, lamento haberla hecho esperar.

—Buenos días. ¿Dónde estabas?

—En mis devociones, excelencia. Es lamentable que las criadas no hayan sabido dónde encontrarme.

—¿Puedes explicarme cuál es la razón por la que has acudido a las habitaciones del duque?

—Porque su excelencia el duque me mandó llamar con Rafaelita. Yo acababa de regresar de la iglesia. Lamento que por esa causa vuestra excelencia haya tenido que esperar.

—¿Ha ocurrido algo en las habitaciones del duque? ¿Has apreciado alguna circunstancia fuera de lo habitual?

—Nada, excelencia, salvo la presencia de Rafaelita no he encontrado nada que lamentar. Le pregunté que qué hacía a aquellas horas en las habitaciones del señor duque y me dijo que la había enviado a ellas vuestra excelencia.

—Bueno, no tiene importancia. ¿Qué has averiguado del pretendiente de Emilita? ¿Lo ha vuelto a ver?

—No, excelencia; al portugués no se le ha visto en varios días, pero, lamentablemente, hoy, bien temprano, me han llegado noticias de que ayer cruzó la puente segoviana. Debe haber estado fuera una semana.

—Y supongo que volverá dispuesto a perseverar en su despropósito… Si yo fuera una cualquiera, si yo no tuviera los condicionantes morales que me obligan a mantener un comportamiento digno, lo impediría por cualquier método.

—Lamento tener que molestarle con este tema, pero existen muchas maneras de impedirlo. Su excelencia debe decidirse por alguna.

—¿Qué sugieres?

—Hay profesionales que, mediante precio, le aconsejarían con sus aceros que cambiara de actitud, que se desenamorara. Sería de lamentar que le dibujaran una cicatriz en el rostro que le recordara cuál era su lugar cada vez que se mirara al espejo.

—Poco castigo me parece para su culpa —a la duquesa, más que la proporcionalidad de la pena, le preocupaba que, aun con cicatriz, Emilita lo siguiera amando. Se preguntó si su comportamiento no sería efecto de su procedencia de una rama secundaria de la familia; en todo caso, se trataba de una conducta indigna de una Mendoza.

—Lamentablemente, excelencia, el castigo depende del precio, no de la gravedad de la culpa.

—Haz lo que creas menester, Jeremías, lo dejo en tus manos. Coge dinero de ese cofre —la duquesa señalaba hacia uno con herrajes dorados que estaba sobre un bargueño—, toma el suficiente para un castigo apropiado.

Jeremías abrió el cofre y retiró el dinero suficiente para sufragar un homicidio y varias visitas a la calle de los Mancebos.

3. Inciertas desazones

A Hermann Siegeltotën el recuerdo del pasado le producía halitosis. Un buen día decidió desembarazarse de aquel maldito sabor de boca:

—Me cobraré en los súbditos lo que no me paga el rey —estaba harto de arrastrar las solicitudes de prebendas y las erres por los pasillos de las audiencias y de las chancillerías.

Puso su espada a sueldo. Sus casi dos metros de estatura le permitían prescindir de ella para ejecutar encargos que sólo exigían el uso de los puños o de un buen garrote que él mismo fabricó de un roble enraizado en El Escorial. Su sola presencia, unos hombros que igualaban en anchura a un armario de dos cuerpos, intimidaba a las víctimas hasta el punto de paralizarlas. Él, consciente, exageraba un gesto de segura intrepidez que por dentro estaba lejos de sentir. Soñaba a menudo con hombrecillos cejijuntos que extraían navajas cabriteras de la faja para clavárselas en la entrepierna. Se veía impotente, desde su imponente físico, para defenderse de la mala leche de aquellos seres morenos. E impotente se levantó la mañana del 29 de septiembre de 1616, día del arcángel San Miguel, glorioso general de las huestes del Cielo, de las que ganaron, tras haber vivido una de esas pesadillas.

—Se me hielan los cojones con ese maldito sueño —se quejó a Leonor Acevedo, con la que convivía maritalmente.

Ella formó un nido con sus manos amorosas y le cantó un romance sobre una pobre avecica que al final resultaba ser una tortolica a la que devoró un gavilán. Entre estrofa y estrofa le exhalaba su aliento, pero ni por ésas levantó el vuelo el pajarico de Hermann. Cuando se cansó, se deshizo el moño y extendió sobre el hombre su larga melena. La piel de sus hombros era blanca como la miga del pan candeal y provocaba en sus amantes el deseo de morderla. Con frecuencia se dibujaban sobre ella ovalados hematomas. Pero eso ocurría antes de dedicarse con exclusividad al alemán, cuyo vientre ahora le servía de almohada. Su cabeza trigueña subía y bajaba con la cadencia de los toscos y vergonzantes sollozos masculinos.

—Contadme cómo tomasteis Mastrique, don Germán, habladme de vuestras hazañas en los Tercios.

Hermann Siegeltotën, nacido en Westfalia hacía treinta y cuatro años, había escuchado, al son del pífano y del tambor, numerosas menciones honoríficas por sus acciones bélicas desde que su padre le comunicara:

—Eres demasiado grande para trabajar la tierra.

Él no pensó: «Muy bien, me haré lansquenete», porque ya lo era, simplemente se vio enrolado en la tropa de los Austrias. Prefería no preguntarse cuánto había recibido su padre a cambio. Pasó con satisfacción de siervo de la tierra a siervo de la guerra. Se divertía mucho más. Así recorrió Flandes e Italia sin ser consciente de que el miedo reprimido acaba por pasar factura. De las campañas en que participó sólo obtuvo achaques para el cuerpo y cicatrices para la mente.

—Considero que merezco una prebenda o una pensión vitalicia —proclamó como si la seguridad económica bastara para enderezar lo laso.

Se escanció un vaso de aguardiente. Leonor Acevedo, junto a la ventana, se rehacía el moño y observaba a los braceros ociosos repartidos en corrillos en la plaza de la Paja.

* * *

Delfín no bebía alcohol para animarse. En el ejercicio de sus múltiples actividades necesitaba disponer de unos sentidos bien despiertos. Aquella noche había dormido bien. Diego, que había empleado muchas horas en meditar, nada más verlo despierto, le dijo:

—Tú no eres un hombre, eres una industria.

En realidad había pensado en la cantidad de

oficios que han de aprender los que no quieren ejercer ninguno.

—Esa puta se va a enterar —Delfín, a pesar de haber dormido bien, parecía muy enfadado.

—¿Por qué llamas puta a Maridiaga? —Diego comenzaba a sospechar que se encontraba en una compañía poco recomendable para un fugitivo.

—Porque se le cayó el pudor por el escote y ¿sabes hasta donde le llegó?... Piensa mal y acertarás.

—Pero, si ella es como tu mujer, ¿qué pecado ha cometido al encontrar nuestro alojamiento? —Diego pensaba que la conducta y la actitud de su compañero podían atraer sobre él a los corchetes.

Delfín le contestó con una mirada que quería decir: «de nada sirve estudiar en Salamanca».

Diego parecía menos agudo de lo acostumbrado porque había dormido mal aquella noche. Había perdido la costumbre de dormir en una cama y la noche se le fue en revivir su vida. Además, a los piojos de la cárcel de Cuenca los conocía personalmente y le dispensaban un trato rutinario e incluso amistoso. Los actuales no tuvieron misericordia de la sangre nueva y lo acribillaron a picotazos.

Desayunaron un pisto en un figón de la plaza de los Herradores y terminaron con tiempo de ver el sol naciente reflejado sobre las cristaleras del Alcázar.

Maridiaga les recibió como si se alegrara de verlos.

—El marqués de la Hontanaya ha partido con su séquito para asistir a una boda en Ciudad Real. Su palacio de la Travesía del Nuncio queda en manos de un portero viejo y de su mujer.

—¿Es eso lo que querías decirnos?

—Sí, y preguntar por tu paradero. ¿Dónde estabas? ¿Entreteniendo furcias? Una no está aquí hecha una esclava para que tú te gastes el dinero en mujerzuelas.

Diego se admiró del concepto de sí misma que no tenía Maridiaga.

—Sólo te amo a ti, no hay ninguna otra en mi corazón —Delfín le rodeó la cintura con un brazo—. Disculpad, don Diego.

En la otra habitación sonó una bofetada seguida del llanto de una mujer.

Delfín regresó solo. Una nueva bolsa adornaba su cinturón.

—Todas las putas son celosas, Diego.

—Y eso ¿a qué se debe?

—Porque se conocen a sí mismas.

* * *

Matías permanecía desvelado sobre su camastro. Le había despertado una aparición. A sus veintidós años de una vida de aventuras había visto de todo y tenía el cerebro curado de quimeras. Además, los fantasmas sólo monologan, sobre eso no le cabía ninguna duda, y aquel que se cernía sobre su camastro sin tocar el suelo le acababa de preguntar por la manera en que prefería morir. Matías no le contestó y no lo hizo por descortesía, estaba seguro de las maneras en que no quería rendir el último suspiro, pero nada tenía resuelto sobre aquella en que le gustaría despedirse de este mundo. Así que se dio media vuelta hacia la pared. Por el ventanillo que se abría en ella comenzaba a penetrar el día 29 de septiembre de 1616, día del arcángel San Miguel, glorioso general de las huestes del Cielo, de las que ganaron, recién nacido sobre los vecinos tejados del Palacio del Buen Retiro y venía acompañado del ladrido de los perros, del quiquiriquí de los gallos y del lejano tintineo de las esquilas. Enseguida fue consciente de que, aunque engañase al fantasma, a sí mismo no podía convencerse de que estaba dormido. Se levantó. Oyó el rebuzno de un asno. Escrutó la semipenumbra de la habitación. Estaba solo.

Desde su estancia en Filipinas como marinero y soldado sabía que la atmósfera estaba saturada de impostores; aquel que se había marchado pertenecía a la clase *matsulang*, cuyos integrantes poseen medio cuerpo y vuelan bajo arrastrando los intestinos y portando su propia cabeza, con cara de guardián de templo chino, bajo el brazo izquierdo. Son negros como el tizón o los toros zaínos y su piel posee el tacto de la del murciélago. No hay que decir que hieden como un albañal o como las letrinas de la taberna del irlandés.

Matías había comenzado a vivir demasiado pronto. A los catorce años fue enrolado como grumete en un galeón hacia Manila. Su padre se había vuelto a casar. Su madrastra no lo quería en casa. En Manila, se hallaba establecido como comerciante un hermano de su madre. Antes de llegar a Santa Cruz de Tenerife, primera de sus escalas, ya había sido sodomizado. Lo tuvieron que sujetar entre tres. El cuarto lo violó. Él lloró, pero no se hundió en la desesperación más negra. «Sólo no tiene remedio la muerte», pensó. El resto de las noches esperó despierto a que se repitiera la visita con un cuchillo, que había distraído de la isleta que hacía las veces de cocina, escondido entre las ropas. Una de ellas oyó los pasos que se acercaban, saltó de su hamaca y se acurrucó en el suelo bajo ella. Cuando los sintió cerca se lanzó por uno y le rebanó la cara con un tajo, luego corrió y gritó como un poseso. De los coyes saltaron los marineros y alguien encendió un farol.

—¿Qué pasa ahí abajo? —rugió desde la cubierta el capitán.

Matías subió las escaleras a cuatro patas y se echó a sus pies para contarle lo que ocurría. El capitán ordenó cerrar la escotilla para que nadie pudiera salir. Llevó a Matías a su cámara y permitió que durmiera a los pies de su catre.

A la mañana siguiente, la tripulación formada, hizo salir a todos los marineros de aquella bodega y los reconoció uno por uno. Resultó fácil distinguir al del chirlo aunque él lo disimulara mediante un pañuelo que parecía indicar un padecimiento de muelas. El corte le llegaba desde la oreja hasta la boca.

—Buen tajo, rapaz —le felicitó el capitán Pérez das Mariñas, futuro gobernador de las Islas de Poniente, dándole unas palmadas en el hombro.

Hizo guindar del palo mayor al sodomita, pero antes le colgaron de los testículos un bolardo de lombarda. Lo ataron con una cuerda de grosor apropiado, pues muy fina podía dar lugar a una rápida emasculación y muy gruesa, a que no pudiera sujetar una presa tan pequeña. El condenado comenzó por declararse un inocente que sólo pasaba por allí. Después, cuando ya lo izaban, emitió numerosos propósitos de enmienda que culminaron en gritos inarticulados y desgarradores y en el silencio más absoluto cuando el dolor le hizo perder el conocimiento.

Un fraile agustino improvisó un sermón contra el pecado nefando, mientras el médico del barco lanzaba miradas impacientes hacia lo alto para ver cómo las partes pudendas del colgado se hinchaban y amorataban y parecían a punto de estallar. Por fin, tras aclararse la voz, dijo algo al oído al capitán, que dio la orden de que lo bajaran. El agustino se vio obligado a poner fin a su sermón porque ya nadie lo escuchaba. Todos permanecían pendientes de la maniobra de arriar al condenado con cuidado, con mucho cuidado.

—Yo conocí a uno que aguantó un cuarto de hora sin desmayarse —informó el contramaestre, que se las daba de veterano y ejercía más autoridad de la que le correspondía. Los demás cargos del galeón, con la excepción del capitán, eran más bisoños que él en las cosas de la mar.

Matías se pasó el tiempo tragando saliva, con una sensación contradictoria de exaltación y arrepentimiento.

El médico masajeó periódicamente las partes afectadas para restablecer la circulación de la sangre. Al tercer día se rindió y castró al marinero. Sobrevivió, pero nunca más pudo infringir ni pro natura ni contra natura el sexto mandamiento, a pesar de las muchas formas de hacerlo que existen.

El resto de la travesía, Matías sirvió de blanco a distantes miradas de odio. Sabía que le llamaban «la perra del capitán» y los más atrevidos ladraban a su paso.

En Manila fue bien recibido por su tío, pero la vida de dependiente de comercio desplegó pocos atractivos ante él. Demasiado rutinaria, demasiado aburrida. Se enroló en una expedición a la isla de Cebú y probó la droga de la acción. Después se apuntó a muchas campañas, Mindanao, las islas Sulu, Formosa, Champa, la Especiería. En ellas transcurrieron seis años. Un día le llegó la noticia de que su padre había muerto ocho meses antes, dejándole en herencia el cargo de alguacil de vagamundos del concejo de Madrid y la casa en donde había nacido. Ya tenía veinte años y comenzaba a estar harto de pasar calor y de que le picaran los mosquitos. Sintió una sensación extraña al volver a embarcarse. No pudo dormir en varias noches; hasta que una madrugada cobró conciencia de que ya no era un tierno grumete, de que presentaba marcas en la cara porque había padecido varias enfermedades tropicales en la piel y de que su mirada hacía bajar la vista a los marineros más veteranos.

En Madrid ejercía poco su oficio heredado. Nada más llegar se dio cuenta de que era más rentable, más seguro y, sobre todo, más adecuado a su personalidad, trabajar a uno y otro lado de la ley, según las circunstancias.

Bostezó, se calzó las chinelas y abrió la puerta que daba al zaguán. Los portones del porche, patio y corral dejaban entrar la claridad entre pálida y sonrosada, como la tez de las mejillas de Dolores Mulligan, de la aurora.

La casa de Matías se levantaba, una planta con cámara, en la calle de las Huertas. Había sido construida como casa de labor. Él sabía que las lenguas susceptibles criticaban que un cristiano viejo, sin mácula de moro o de judío, hijo de Juan Martínez de Quesada, el que fuera alguacil de vagamundos de la villa de Madrid, viviera rodeado de rameras y moriscos. Ya lo decía el refrán: «En la calle Huertas, una puta en cada puerta». A él no le importaba, prefería disponer de un gran corral en donde cultivar un huerto y cuidar unos frutales con un pozo y una higuera y espacio suficiente para sus perros y su caballo. Le gustaba vivir así. Además no estaba muy lejos el Palacio de los Medinaceli. Su casa no tenía tantas habitaciones, pero bastaban para él y para su criado filipino y evitaba la lobreguez de las calles de la ciudad vieja. También contaba a su favor con algunos méritos prácticos. Pocos osaban importunarle a deshora con asuntos baladíes porque resultaba escaso el número de los que se atrevían a internarse en la peligrosa oscuridad de los arrabales. Sus vecinos, además, estaban más interesados en ganar su benevolencia que en perjudicarle.

Al llegar a Madrid le extrañó que pudiera tomar posesión de la casa sin competencia de nadie. Preguntó por su madrastra. Había abandonado a su padre dos años después de marcharse él a Filipinas. Recordó sus provocaciones, cómo le había acusado ante su padre de que no la miraba como un hijo. Su padre, prudente, se lo llevó al corral y le explicó, con la cara roja, que las mujeres ajenas tienen dientes en sus partes, unos dientes puntiagudos, como de rata, que le dejarían sin pilila si intentaba hacer algo con ellas. Matías, que escuchaba con los ojos bajos, se sonrojó y tragó saliva.

Llevaba tres meses en el ejercicio de su oficio heredado cuando una noche, al volver a casa, se encontró a Borja, su criado filipino, en la calle. Habían pasado seis años desde que conociera a aquel sargento de pampangos y le había seguido durante ese tiempo como su hombre de confianza de isla en isla y de batalla en batalla hasta recalar en Madrid. Ahora, a sus cincuenta años, constituía para Diego una mezcla de guardaespaldas y de nodriza. Le esperaba alarmado.

—Ha venido una señora que dice que es vuestra madre.

Matías entró con decisión. Sentada sobre su cama había una mujer que parecía la madre de su madrastra.

—¿Qué hacéis aquí?

—Esta es mi casa. Soy Eloísa, hijo, ¿no me reconoces?

Matías la había reconocido desde el principio a pesar de la carne que le abotargaba el rostro, de las ojeras negras, del exceso de afeites. El odio es un poderoso estímulo para la memoria.

—Esta casa es sólo mía.

—Pero, Matías, hijo, yo no tuve nada que ver en tu partida. La sentí mucho, fue una decisión de tu padre, te cobró celos y quiso alejarte de mí.

—Mentís como una bellaca.

—Yo te quería mucho, Matías, no lo podía remediar. Él lo notó. Aún sigo sin poderlo remediar —ella se recostó en el lecho y se desabrochó el lazo del corpiño. Se le desparramaron dos pechos grandes y blancos recorridos por venillas moradas.

—Salid de aquí —Matías le señaló la puerta con el índice de la mano derecha.

—Antes quiero mi parte. ¿No quieres tú la tuya? —la mujer sonrió. Le faltaba un colmillo.

—Salid, he dicho —esta vez no señaló la puerta, se limitó a llevarse la mano a la empuñadura de la espada.

Ella mantuvo su sonrisa, se tumbó en el lecho y se subió las sayas hasta la cintura para dejar ver unos muslos fofos y celulíticos.

—Fuera de aquí. Os he dicho que salgáis —Matías subió el tono de su voz.

Ella separó las piernas. Matías se preguntó si tendría dientes en aquella boca vertical que parecía hinchada y completamente rasurada como la de una mahometana. No tenía ningún deseo de comprobarlo. Se sentía invadido de una creciente furia. Aquella ramera había acabado de golpe con su niñez.

—¡Fuera de aquí, puta asquerosa! —gritó.

La mujer sustituyó la sonrisa insinuante por un rictus de odio, se incorporó en la cama y se apoyó sobre un codo.

—Eres tan flojo como tu padre —dijo, escupiendo las palabras.

Matías desenvainó la espada y le lanzó un tajo. Ella se echó hacia atrás y chilló con las manos en el cuello convertido en un surtidor de sangre.

Cuando volvió a la carga sobre ella con el acero presto para atravesarla se abrió la puerta.

—¡Con la espada, no! ¡Con la espada, no! —entró Borja ofreciéndole un campilam.

Matías lo aceptó. Ella había dejado de gritar. Tenía los ojos muy abiertos y le sudaba la cara. Con la mano izquierda se apretaba el cuello. Blandía en el aire la derecha convertida en amenazadora garra.

A Matías le bastó un simple machetazo para cercenarle el brazo casi hasta el codo y conseguir que aquella zarpa dejara de suponer una amenaza para nadie. La sangre surgió a borbollones del muñón, luego manó sin fuerza.

Cuando Matías le clavó la rodilla en el estómago, ella retiró la mano del cuello. Entonces la degolló. Murió en silencio, sólo emitió el ruido de un pequeño fuelle que se desinfla.

Entre amo y criado la tiraron al suelo. Borja la decapitó. Envolvieron sus restos en una sábana y la sacaron al corral. Ataron a los perros. Matías se sentó sobre la tierra. Se encontraba sin fuerzas. Se preguntó qué hubiera ocurrido si ella, en lugar de desnudarse, se hubiera descalzado.

Borja cavó deprisa para alejar cuanto antes los fantasmas de la mente de su amo. La enterraron bajo un almendro. Durmieron poco. Por la mañana encontraron la tumba removida. A Matías se le aceleró el ritmo cardiaco. Borja buscó los perros. Megara, la perra, tenía en la boca el brazo cercenado. Había quebrantado los huesos largos y sólo le asomaban los dedos. Le hicieron ver con buenas palabras lo impropio de su conducta. Volvieron a amontonar la tierra y la pisaron para que se endureciera. Desde aquella noche Matías se encontraba más ligero, como si se hubiera desprendido de un peso que gravaba su vida desde la niñez.

Abrió el portón. En el porche le recibieron con alborozo su perro Hércules, un mastín atigrado y su perra Megara, una galga atigrada. Una vez había visto un tigre enjaulado y le había encantado la prestancia del animal. Era la mascota de un rajá moro de Mindanao que lo consideraba la encarnación de su propio poder y valor personal. Se hacía llamar por sus súbditos el Tigre de Zamboanga.

Matías sentía curiosidad por conocer el resultado de los amores de Hércules y Megara y confiaba en que participaran de las virtudes de la fiera en mayor medida que aquel rajá, Nuredín Elbantoc, con más de zorro que de tigre como tuvo ocasión de comprobar. En mitad del banquete preparatorio de la firma del tratado de amistad perpetua entre Nuredín, rey musulmán de los maguindanaos y Felipe, rey cristiano de los españoles, comenzaron a llover flechas por puertas y ventanas; en realidad todo eran puertas y ventanas puesto que se trataba de un pabellón descubierto con unas simples esteras del lado del sol. Matías había elegido ese lugar para sentarse porque, frente al inconveniente de resultar el más tórrido, permitía tener cubiertas las espaldas y daba directamente al mar sobre el que se balanceaba su velero. Constituía, por tanto, la dirección más adecuada para una posible huida.

Toda precaución le parecía poca, sabía que los moros maguindanaos se movían en otra clase de valores y que la palabra dada y su respeto eran considerados prejuicios de bárbaros cristianos. Por eso no se había quitado la coraza de cañas de bambú, más ligera y fresca que la de cuero o cadenetas, y comía con el campilam, especie de espada corta o de machete largo, de las dos maneras se podía considerar, sobre las piernas cruzadas. Hacía tiempo que había dejado de usar su espada reglamentaria, larga, recta, con cazuela y gavilanes, desde aquel día en que, luchando en las montañas de Luzón contra una partida de tagalos remontados, se vio obligado a acabar con su contendiente a golpes. En aquella espesura no hay espacio para la esgrima y, mientras Matías buscaba la distancia propicia para ensartar al tagalo, ya había recibido dos cortes profundos, uno en el hombro derecho, otro en el antebrazo izquierdo, y la coraza de bambú le había parado una cuchillada a la altura del ombligo. Tuvo que soltar la espada y abrazarse a su enemigo para evitar que lo hiriera de nuevo. Rodaron sobre el follaje jugoso y húmedo. La mayor corpulencia de Matías le permitió quedar encima y aprovechó la posición para partir la nariz de su contrario con un cabezazo. Ya atontado y sangrante, de la nariz brotó la sangre como del caño de una fuente, lo molió a patadas hasta que un compañero pampango, los mejores y más fieles guerreros al servicio de España, le tocó en el hombro para advertirle que aquél ya tenía bastante. Matías respiró hondo para relajar su furia, se limpió el sudor de la frente que en su caída le cegaba los ojos e hizo balance de su situación física. Comprobó que ninguna de las heridas había afectado a los tendones porque movía los dedos con normalidad. Confió el final de las hemorragias a su naturaleza, cogió el campilam del muerto y se reintegró a la lucha. Desde entonces no se había separado de él; por eso, cuando vio con sorpresa, la precaución no le libró de la sorpresa, nunca se termina de creer que pueda ocurrir lo que se teme, que el capitán Benítez, sentado enfrente y el licenciado Cárdenas, el escribano y Fray Andrés Iturralde, el capellán agustino, natural del Señorío de Molina, y Ceferino Ngasalay, sargento de pampangos, gritaban antes de dar con sus rostros exánimes sobre la gran fuente de arroz picante con camarones, pimientos y calamares que centraba la estancia, sólo tuvo que asirlo y lanzarse sobre el rajá que había desaparecido tras una barrera formada por los cortesanos. Junto a sus compañeros supervivientes, los maguindanaos habían dejado de flechar por miedo a herir a los suyos, acuchilló sin cuartel en aquel muro de moros envueltos en sedas brillantes y coloristas hasta que dominó un solo color, el rojo. Pudieron entonces despejar el montón y dejar a la vista al Tigre de Zamboanga con su bonete rosa teñido de sangre ajena. Lucía en la boca una sonrisa de niño sorprendido en una travesura bajo los cuatro pelos de su bigote gatuno.

Matías lo sujetó por el pescuezo y por medio de una bofetada lo destocó del bonete y le hizo soltar el campilam que blandía frente a él, una obra de arte deslumbradora con su puño de oro incrustado de piedras preciosas que ahora descansaba bajo su jergón para asegurarle una vejez acomodada. Luego avanzó hacia la multitud hostil, con el rajá como escudo, amenazado por su propio campilam y seguido por sus compañeros.

—Diles que muevan un brazo contra nosotros y te trepano la cabeza como un coco —advirtió al rajá.

No hizo falta que insistiera, el reyezuelo avanzó con gestos ostensibles y gritos teñidos de una cierta histeria:

—*¡Sara-sarong! ¡Sara-sarong!* —que en su lengua quiere decir «quietos-quietos», o «quietos del todo», o «quietos con quietud total».

Los moros se abrieron como el mar Rojo al paso de Moisés y su pueblo.

Chapotearon en el agua hasta la barcaza e izaron al rajá a bordo empujándolo por los pies como si se tratara de un fardo. Bogaron con energía sin perder de vista a la gente de la playa. El rajá comenzó a alarmarse al comprobar que aumentaba la distancia que le separaba de los suyos.

—Soltar ya —pidió.

—Cuando estemos en el barco —le contestó Matías.

El Gato de Zamboanga captó quizá en sus palabras un cierto tonillo de poco convencimiento y sacó las uñas. Se zafó con el codo del brazo que lo sujetaba para extraer de la faja de seda un puñalito curvo y dorado que clavó a Matías en el muslo y buscó la salvación en el mar calmo y deslumbrante por el reflejo de un sol pirógeno. Matías, sin pararse a considerar que estaba herido, se lanzó tras él a aquella superficie verde y espumosa que pronto adquirió un tono rosado. Desde la playa volaron varias fechas hasta la barcaza. Dos españoles y un pampango que gritaban a Matías desde la borda que lo dejara, que convenía alejarse con la mayor brevedad posible, resultaron heridos. Él no los oía, embebido como estaba en el rastro de las burbujas del fugitivo. La sal del agua le ocasionaba un gran escozor en la herida y daba a su rostro una expresión de rabia incontenible. De un manotazo hundió al rajá y, por detrás, lo sujetó por los testículos y le dio la vuelta.

—Nada, cabrón, nada hasta la barca y no te pares si no quieres que te cambie la voz.

El Tigre de Zamboanga braceó con ganas y una cierta sensación de náusea en la boca del estómago.

—Tú soltar, tú soltar —rogaba a Matías.

Éste lo subió a la barca sin aflojar la presa. Allí lo sentó de un empujón. Bogaron con fuerza hasta las escalas del navío. De la costa ya se separaban barangayanes y catamaranes con los moros piratas dispuestos a darles alcance.

En cuanto el último cristiano estuvo a bordo Matías ordenó que levaran anclas. Desplegaron unas velas que enseguida fueron infladas por un viento favorable. Respiraron complacidos al ver que la costa se alejaba a una velocidad que calcularon en cuatro nudos.

Matías miró al rajá con furia tranquila. Era una de las peculiaridades de su carácter, su furia se enfriaba, pero no sufría merma y continuaba tan implacable como en el calor de la acción.

El rajá mantenía su sonrisa de niño travieso sin querer enterarse de que había pasado el tiempo de las bromas.

—Tú soltar ya y vosotros ir libres.

—Estás de guasa; has perdido la oportunidad de firmar la paz. Para ti ahora es tarde para todo.

Agarró a Nuredín por el pelo con la mano izquierda y desenvainó su viejo campilam. El rajá intentó parar el golpe con las manos, pero sólo pudo sujetar los intestinos que se le desbordaban por la herida. Cayó al suelo y expiró tras algunas convulsiones. Conservó en el rostro un rictus parecido a una sonrisa poco convencida, como si pensara que Matías bromeaba, que no se atrevería a hacer lo que se atrevió a hacer a él, rajá de los mares, el Tigre de Zamboanga.

Necesitó tres tajos para separar la cabeza del tronco. Lo despojó del grueso collar de oro en forma de dragón enroscado que lo protegía de forma ineficaz de la decapitación. Comprobó que las embarcaciones enemigas permanecían a una distancia prudencial y se mostró en la parte más visible, sobre el castillo de proa, con su trofeo bien levantado. Los maguindanaos reaccionaron con un gran griterío, algunas flechas cayeron al mar junto al casco de la carabela. De pronto oyó un estampido y el rebufo de algo al rojo vivo le rozó la oreja derecha.

—A cubierto —gritó—, tienen armas de fuego.

Bajó deprisa del castillo con la cabeza agachada. Fue consciente de que los restos del rajá ya no servían de nada y los arrojó al mar con ayuda de un marinero. Pronto las aguas rebulleron de tiburones.

Ignoraba si resultaba el de mayor jerarquía entre los supervivientes, pero aquellos no eran momentos para cuestiones burocráticas. Embebido en la acción, comenzó a impartir órdenes sin que nadie las cuestionara.

—Cebad las culebrinas, ya es hora de que los súbditos también reciban su merecido.

Las culebrinas disparaban bolas de medio kilo de peso y alcanzaban objetivos a cuatrocientos metros de distancia. Fueron disparadas todas a la vez. Un barangayán se partió por la mitad en medio del estruendo y la humareda. Un catamarán recibió la bala en el flotador de cañizo y, aunque no se hundió, sus ocupantes consideraron el peligro a que se exponían y dejaron de bogar. Su actitud fue imitada por el resto de las embarcaciones que viraron para enfilar el camino de la playa y el de la seguridad. Las demás balas levantaron surtidores momentáneos en la superficie marina.

De esta manera acabó sus días el Tigre de Zamboanga; el otro, el verdadero, continuaría gordo y lustroso en su jaula. Decían que lo alimentaban con condenados a muerte.

Los recuerdos habían acelerado los latidos del corazón de Matías. Se tocó el muslo a la altura de la cicatriz en que se había convertido la herida ocasionada por el puñalito del rajá. Aquella hacía la número siete entre sus cicatrices, cada una representaba una historia y también un galardón. Eran sus medallas.

Suspiró. ¿De qué le servían? ¿De que viviría si no hubiera heredado el cargo de su padre? Sus perros también estaban gordos y lustrosos, la galga dentro de los límites de su estructura, porque se atiborraban de las sobras de los figones, tabernas y posadas que por su oficio se veía obligado a frecuentar.

Orinó con ganas contra la tapia del corral. Sintió un alivio progresivo a medida que vaciaba la vejiga. Unas golondrinas trisaron antes de introducirse como una exhalación en sus nidos situados bajo los palos que sostenían la techumbre del porche.

Se dirigió al pozo y sacó un cubo de agua, tenía que extremar su higiene, quería estar limpio, preparado para cualquier contingencia. Vivía una existencia peligrosa. ¿Quién le aseguraba que aquel día no iba a ser el último de su vida y de que su traje no se iba a convertir en su mortaja? ¿Quién se lo garantizaba?

De las tomateras que comenzaban a secarse emergió una figura achaparrada.

—¿Quedan todavía?

—Sí, señor, quedan muchos, creo que tendremos tomates hasta la feria de San Lucas.

—Si no se enfría el tiempo antes. Bueno, tráete un par de ellos para cada uno y vamos a desayunar.

A Matías le encantaban los tomates bien de mañana. Los partía por la mitad y los espolvoreaba con sal. Otras veces, aquélla fue una de ellas, los acompañaba con sardinas saladas. Entonces no los sazonaba.

—Borja, dime una cosa, ¿los falsos fantasmas pueden ocasionar daño a quien los ve?

Borja miró a su amo con gesto de preocupación. Sabía, como pampango, que la atmósfera está saturada de fantasmas y que, al igual que en el ámbito de los humanos, dominan los malignos.

—¿Por qué sabéis que era falso? —cuestionó Borja más por utilizar el método socrático que por obtener una respuesta.

—Porque me preguntó la manera en que prefería morir.

—A veces los auténticos disimulan su naturaleza.

—Éste era falso, estoy seguro.

Borja movió hacia atrás la silla de enea en que se sentaba en señal de impaciencia. Su amo no iba a aprender nunca a no estar seguro de nada.

—Los falsos no pueden ocasionar daño, pero suelen resultar emisarios de la desgracia —dijo al fin.

Matías dejó de masticar y miró en silencio a su criado y amigo. Le acababa de venir a la mente el sueño del que lo había sacado el fantasma. Estaba en su cama tendido boca arriba y una avispa se introducía bajo su camisa de dormir. Sentía las cosquillas de sus patas cuando subía por su muslo derecho, pero estaba paralizado, no podía moverse para espantarla. Cuando inició el camino de sus testículos fue presa de una extraña excitación, notaba con gusto cómo la avispa caminaba, sorteaba sus pelos e iniciaba la ascensión de su falo erecto. Su excitación aumentó a medida que el animalito himenóptero se acercaba a la cima. Cuando la culminó aseguró firmemente sus patas sobre el glande inflamado y clavó su aguijón en él con todas sus fuerzas provocándole una tortura exquisita, una explosión de placer y dolor, un espasmo de daño y de gozo que le dejó exhausto y empapado y logró sumirlo en una duermevela, en un calvario edénico del que vino a sacarlo el fantasma de la cabeza bajo el brazo, aquel que de ser auténtico no hubiera dialogado pero que, aunque impostor, podía resultar heraldo de males imprevistos.

—Hoy llevaré mi espada toledana limpia y brillante, pero no estaría de más que me colgara mi campilam de un tahalí.

—Hacéis muy bien. La espada sólo sirve para matar, el capilam no sólo quita la vida, es un arma sagrada, despena almas, impide que éstas revoloteen en el aire y molesten a los vivos. El fantasma que os despertó quizá fue desventrado y decapitado por un arma vulgar. Arrastrará sus intestinos hediondos por los siglos de los siglos.

—Algunos merecerían morir así, mediante un cuchillo de carnicero o de matachín, para que penen sus culpas por toda la eternidad.

—Ni se os ocurra hacer tal cosa; se vengarán tarde o temprano de quien los someta a esa tortura cruel.

Por si acaso, se sujetó bien sujeto su campilam a la espalda.

Ni Hércules ni Megara eran gatos, pero dieron cuenta con entusiasmo de las cabezas y las raspas de las sardinas. Luego miraron a su amo y en sus ojos se leía una pizca de decepción y otra de reproche.

—¿Nunca tenéis bastante? —les preguntó Matías.

Ellos se limitaron a tumbarse y a esperar.

En su recorrido hacia la taberna de Mulligan, Matías se fijó en las puertas de las iglesias por las que pasaba. Había sido una noche tranquila, sólo seis individuos se habían acogido a sagrado. En la de San Andrés esperaban unos corchetes, quizá el delito era demasiado grave y estaban en la consideración de si respetar o no el derecho de asilo.

Frente a la taberna, Dolores Mulligan barría la calle con una escoba de hojas de retama.

—Hola, Dollymulli, qué guapa estás hoy.

Matías no lo decía por cumplir, bien de mañana Dolly se había afanado en la preparación de ahumados y el calor del fuego y la propia actividad habían dado vida a sus mejillas de ordinario pálidas.

—Muchas gracias, Matimarti, pero yo creía que a ti te gustaban las morenas muy morenas, las morenas pasadas de color, diría yo.

Matías Martínez se quedó cortado. O Paddy se había ido de la lengua o las noticias corrían deprisa —pensó.

—A mí me gustan los contrastes, Dolly, pero sabes que jamás nadie podrá decir que yo he dicho que no eres la mujer más guapa de la Corte. ¿Dónde está tu hermano? —Matías no tenía muchas ganas de seguir con aquella conversación.

—Está desayunando. Pasa adentro.

Adentro era una cocina espaciosa con una gran chimenea que acogía un gran fuego sobre el que se hubieran balanceado, de soplar el aire, una docena de carpas y varias vueltas de salchichas. A un lado del fuego había un dornajo sobre una mesa y en él, retorcidas, descansaban una decena de metros de tripa y un montón de carne dispuesta para ser embuchada por las manos hacendosas de la angelical Dolores Mulligan. También sobre la mesa, su hermano Patricio daba cuenta de una fuente de riñones de cerdo someramente pasados, vuelta y vuelta, por una sartén untada con mantequilla.

—Hola, Paddymulli, cómo te pones. No entiendo cómo te puede gustar eso. ¿Es que a los irlandeses sólo os gustan los desperdicios?

—Desperdicios, dices. Los riñones están buenísimos. A ti lo que te pasa es que nunca los has probado.

—Y encima con cerveza, ¿cómo puedes beberte esa jarra a estas horas?

Patricio Mulligan bajó la cabeza para seguir disfrutando de su desayuno. No quería caer en las provocaciones de Matías. Éste, mientras lo veía cortar un nuevo bocado, pensaba en el contraste que su cara, una pura peca, ofrecía en relación con el cutis de su hermana, tan puro, tan blanco, tan fresco como la carne de una patata recién cortada. Los ojos eran los mismos, la misma pupila de un azul aguamarina. Se dio cuenta de que compartían muchos otros rasgos, excepto el color del pelo. «¿Cuál es la razón, pues —se preguntó—, de que Dolly me parezca bellísima y su masticante hermano un tipo feo y pelirrojo?»

Patricio Mulligan tragó su último bocado, eructó y se echó para atrás en el banco corrido en que se sentaba.

—Yo me puedo beber esta jarra ahora y a cualquier otra hora del día —contestó por fin.

—Sí, la verdad es que a cualquier hora del día resulta repelente. Debería haberte preguntado que por qué tomas una bebida que parece destilada a partir de amargos y espumosos meados de vaca.

—¿Los has probado para afirmar que su sabor se asemeja al de la cerveza?

—¿Acaso los has probado tú para saber que no se parecen?

—¿Entonces por qué bebes tú cerveza?

—Por acompañarte y por llevar la contraria a los bebedores de vino. Además la de tu padre es una taberna de irlandeses y de veteranos de Flandes, y yo siempre sigo la regla de que allá donde fueres bebe lo que vieres.

—Muy listo eres tú… ¡Qué! ¿Nos vamos?

—Sí, coge una cesta para los peces y lo que encontremos.

Dolores seguía a la puerta.

—¿Quieres que te traigamos algo, Dolly? —le ofreció Matías.

—¿Qué vais a buscar?

—Vamos a embelesar peces, pero quizá encontremos otras cosas. Manzanas, higos, almendras, madroños, moras. ¿Quieres algo?

—Y ¿quién se meterá en el río?

—Qué pregunta. ¿Quieres algo?

—¿Quién?

—Qué más da. ¿Quieres algo?

—Espera, Paddy, llévate un paño de algodón para secarte que, si no, luego vuelves empapado y te resfrías.

Los dos miraron cómo Dolores apoyaba la escoba en la pared y entraba en la taberna. Patricio se volvió hacia Matías y se encogió de hombros. Matías se sentía un poco ignorado.

—Toma.

Patricio cogió el paño que le ofrecía su hermana y lo guardó en la cesta.

—¿Quieres algo, Dolly? —insistió Matías.

—Lo que traigáis —contestó Dolores y sonrió a su hermano.

Los vio marchar apoyada en la escoba. Se encontraba cansada y somnolienta. Aquel 29 de septiembre de 1616, día del arcángel San Miguel, glorioso adalid de las huestes del Cielo, de las que ganaron, se había despertado de madrugada para hallarse perdida entre brumas. Había soñado con hadas voladoras y con trasgos que viven bajo el suelo a un codo de profundidad. El ambiente era verde y neblinoso, hasta las piedras presentaban una lepra de líquenes y estaba atravesado por una melodía combativa y añorante que ella reprodujo al despertar. La cantó sin letra con una voz fina y hermosa, algo nasal, que parecía provenir de un punto intermedio entre la glotis y la pituitaria. Su padre la escuchó sentado en la cama e intentó repetir la melodía con el flautín que reposaba sobre su mesilla. Demasiado hermosa para una flauta seca y fría. La tiró al suelo para iniciar una retahíla de maldiciones que removió el visillo por el que todavía no se filtraba la luz del alba. Maldijo el clima seco que desafinaba las flautas, maldijo a los ingleses, maldijo su suerte que lo había dejado viudo y pobre en una tierra extraña con una hija muy hermosa y un hijo irresponsable. Maldijo a sus clientes, maldijo a los validos de los reyes que apreciaban más su conveniencia que la solidaridad católica, maldijo sus propias ínfulas por resultar incomestibles, maldijo su condición de caballero devenido en tabernero, y lloró, y el llanto le empapó el pecho hasta ablandarle el ánimo y adormecerlo con la vista puesta en unos visillos que habían recobrado su inmovilidad y por los que comenzaba a filtrarse la luz del día.

* * *

En el patio de armas, los guardias reales se ejercitaban en las maniobras de la guerra. Avanzaban formados en un gran cuadrado. Los de las filas exteriores manejaban largas lanzas. Aquellos situados en las esquinas desjarretaban caballos imaginarios con las alabardas. Los de adentro surgían del bosque de picas esgrimiendo sus estoques y regresaban a su abrigo cuando los tambores marcaban la retirada.

A Hermann Siegeltotën le disgustaba esa orden. En el fragor caliente de la lucha le resultaba difícil renunciar al placer de la acción. También tenía la costumbre, poco extendida, de pagar al portero del corral del Capitán.

—Muchas gracias —le dijo éste, admirado de que alguien que podía entrar gratis pagara por un cierto sentido germánico de la honradez. Luego retornó a su tarea de vigilar la posible llegada de alguaciles y corchetes por la calle en que un tal Paredes abría su mesón cada mañana.

—Buenas, don Germán, hacedle sitio —el capitán estaba rodeado por su corte de valentones.

Hermann examinó los palcos. Tres estaban ocupados por damas solitarias que velaban su identidad con antifaces. En el patio se sentaban en desorden una cincuentena de personas de variada condición social. Detrás, en bancos corridos, se amontonaba la plebe. Los chulos del capitán comían fruta sin quitar la vista de los actores, a los que animaban o abroncaban según sus simpatías. Las cáscaras de las naranjas tenían por blanco al marido viejo y potencialmente cornudo. Las mujeres de los bancos bendecían a la madre que había parido al galán joven. Los hombres engallaban la actitud e imitaban sus gestos.

—Esta bolsa antes y otra igual después —los ojillos del capitán brillaban desde el fondo de un pozo enmarcado por arrugas y por la maraña de las cejas. Se mostraba austero en el gasto de palabras.

Hermann abrió la bolsa para comprobar la uniformidad de su contenido. Después la sopesó.

—Trato hecho —dijo, pero sonó como si se hubiera atragantado con un hueso de pollo.

4. Fácil la miel se eriza de aguijones

Entre la puente segoviana y la de los pontones, a la vista de las lavanderas que se afanaban sobre sus tablas o sobre grandes cantos rodados en la orilla del Manzanares, Matías y Patricio buscaron una planta de belesa.

—Mira, allá está Rafaelita Vasques. No me digas que no es la que mejor mueve el culo. Es que incluso lo tiene más respingón. Observa… ¿No te sugiere ninguna idea ese cadencioso movimiento en vaivén? —comentó Matías embargado por un creciente entusiasmo.

—Ninguna. Me da igual una mujer que otra.

—Vamos, Paddy, reconoce que algunas te gustan más que otras.

—Como amigas, nada más; venga, vamos a buscar la belesa en lugar de mirar a las lavanderas como pasmarotes.

—Ah, y cuidado con lo que le cuentas a Dolly de Rafaelita, eh, chivato.

—Yo no le he dicho nada; es que te lo nota, las mujeres tienen un olfato especial para esas cosas.

Atravesaron una chopera en busca de una zona de zarzas en donde otras veces habían encontrado matas de belesa.

—Mira a distancia por si ves una espiga de florecillas moradas.

—Ahora ya las tendrán casi secas y no destacarán a la vista.

—Bueno, tú fíjate bien que todavía pueden quedar algunas retrasadas que conserven la flor.

Caminaron por la orilla hasta el puente de pontones.

—Mira, allí hay una mata —señaló Matías.

Se dirigieron hacia un cirate entre dos huertas para arrancarla. De nuevo junto al Manzanares machacaron la planta, después la arrojaron al agua en un remanso junto a los pontones y se sentaron a esperar bajo los chopos.

—Me gustaría saber qué efecto tiene en los humanos —comentó Matías.

—Eso es fácil, prepárate una infusión.

—Prefiero que lo pruebe otro. Un día chupé un poco de su jugo, sabe muy amarga y se me durmió la lengua.

—Yo, desde luego, no estoy dispuesto a probarla.

—Me gustaría disponer de Rafaelita embelesada.

—Allá tú y tus gustos.

—Lo voy a intentar.

—Inténtalo, seguro que Jeremías te ayuda, aunque dudo que te sirva de algo. Lo más seguro es que a Rafaelita le ocasiones una vomitera y no creo que te agradara mucho recién vomitada, aunque, a saber, tus gustos son muy raros.

—Podíamos echarla en la cerveza de un cliente de tu padre. No sería mala idea ponérsela a Delfín el portugués antes de esta noche. Nos facilitaría el trabajo y Seisdedos se reiría mucho cuando se lo contásemos.

—No, de eso nada. Deja en paz el negocio de mi padre. Si quieres se la pones al portugués, pero en otro establecimiento. Además no bebe cerveza y en el vino se notaría el sabor amargo.

—Me gustaría embelesar a Dolly.

—Ni se te ocurra. Mira, ahí viene Liñán.

—Muy oportuno. Vamos a venderle una historia.

—A cuánto.

—Paga diez maravedíes si es ejemplar.

—Y qué historia le vas a contar.

—Es una que llevo redondeando varios días, pero a ti, Paddymulli, no te la voy a contar porque eres capaz de pisármela para conseguir el dinero. ¡Don Antonio! ¡Don Antonio!

Don Antonio de Liñán y Verdugo caminaba vestido de negro de los pies a la cabeza y sólo una pluma roja amenizaba la monocromía por encima de ella.

—Dios os guarde, muchachos. ¿Qué historia me tenéis que contar?

—¿Cómo sabe, vuestra merced, que lo hemos llamado para narrarle una historia?

—Porque me miráis a la bolsa más que a los ojos.

—Buena apreciación, don Antonio. Tengo dos historias, una para guía y aviso de forasteros en esta Corte y otra para guía y aviso de mareantes de este mundo. ¿Por cuál empiezo?

—Empieza por lo general, es una regla de la lógica.

—¿Conocéis a un indiano que vive en la calle Mira el Sol?

—No.

—Se trata de Luis de Figueroa, vive solo en un caserón enorme que siempre tiene las puertas y las ventanas cerradas.

—Ah, sí, ya sé dónde dices, pero yo creía que ese caserón se encontraba deshabitado.

—No, don Antonio, constituye la morada de don Luis de Figueroa, un indiano efímero. Al día siguiente de arribar a las Indias ya quería volverse. Es hijo segundón de una familia de hidalgos gallegos y tenía un hermano gemelo que se llamaba Lorenzo. Al llegar a la edad de tomar estado les dieron a elegir entre acogerse a la Iglesia o buscarse la vida y los muy tontos optaron por la segunda posibilidad. Se embarcaron en Sanlúcar de Barrameda tras llegar allí por un camino de sirga en un carro de bueyes desde Sevilla. Luis vomitó hasta la primera leche que le dio su madre antes de hacer escala en la isla de La Palma. Cuando ya no tuvo nada dentro se le serenó el estómago y recuperó las ganas de comer, pero no había acabado aún de asentársele el alimento, cuando tropezaron con un temporal. Al regresar la calma, su estómago estaba vacío de nuevo. Su hermano Lorenzo, medio en broma medio en serio, le felicitó, ya que de esa manera había eludido la necesidad de evacuar el vientre a la moda marinera, es decir, sentado con el culo fuera de la borda, agarrado a alguna maroma. Él no se consideró afortunado porque no sabía de la dificultad que entrañaba la maniobra y que empieza por escoger el lugar que goce de los vientos favorables para alejar del barco y de ti tu propia inmundicia.

Desembarcaron en San Juan de Ulúa un cinco de diciembre, día de San Dalmacio, y Luis de Figueroa enseguida se sintió desdichado. El calor y la humedad le resultaban insoportables y cuando se iba el sol, llegaban los mosquitos para acrecentar su fastidio. Su hermano, en cambio, percibió las Indias como un ámbito de libertad, del que no había disfrutado en su vida. En cuanto pudo se unió a una expedición que partía hacia el país de los mayas. Luis quedó solo. Una tarde caminó hacia una cima en busca de tierras altas que resultaran inexpugnables a los zancudos. A media ladera descubrió una entrada a una cueva obstruida por una piedra de sillería labrada con jeroglíficos. Pidió prestados dos indios a un encomendero de la zona. Les mandó cavar y ellos fingieron que no le entendían. Les repitió la orden y se negaron a cumplirla.

Cuando se la reiteró con el cinto en la mano y tras propinar dos patadas en el culo a cada uno, comenzaron a cavar con los ojos muy abiertos, como si esperaran que algo terrible saliera por el agujero.

Figueroa entró por él en cuanto tuvo la abertura suficiente. Los indios aprovecharon para tirar las azadas y desaparecer con toda la velocidad que les permitían sus cortas piernas. La cueva era cuadrada y no muy grande. Sobre el suelo parecía dormir un indio envuelto en un saco. Lo tocó con la punta de la espada y se desmoronó; entonces pudo comprobar que debajo del saco sólo había un esqueleto con una máscara dorada y una especie de armadura del mismo color. Luego distinguió muchos adornos, collares, pulseras, muñequeras, tobilleras. También un puñal muy ancho. Después se fijó en que las órbitas de los ojos estaban ocupadas por dos cristales verdes. Se llevó el esqueleto por si era de marfil y para evitar que entre los huesos quedara algo de valor. Cogió hasta el más mínimo guijarro del suelo de la tumba. Esperó la noche con el atado hecho y volvió a su alojamiento de madrugada, sin encontrarse con nadie. Cuando despuntó el día, extendió su botín sobre una gran mesa y preparó un barreño con agua. Lavó todas las piezas. Se encontró con que era dueño de una armadura completa de oro, adornada con jade, lapislázuli y jaspe, de dieciocho piedras preciosas entre las que destacaban dos esmeraldas del tamaño de los huevos de codorniz, de un puñal con varias piedras incrustadas en su empuñadura, de dos cuencos de oro y de varios vasos del mismo metal con incrustaciones de jaspe. En vez de sentir alegría por su nueva prosperidad se vio invadido por una inquietud, el miedo a perder su riqueza. Enterró su tesoro en un agujero en el suelo de tierra de su cabaña y se deshizo del esqueleto arrojándolo al mar tras meterlo en un saco lastrado con piedras. Se dedicó a frecuentar el puerto en busca de noticias sobre el próximo galeón que hiciera el tornaviaje.

—¿Cómo se ha cansado tan pronto vuestra merced de estas nuevas tierras? —le preguntaban extrañados los estibadores.

—Es que este clima, esta humedad abrasadora no me prueba —se justificaba.

Su hermano, mientras tanto, caminaba por una selva sin senderos y ya no estaba tan entusiasmado con la expedición. Carecía de manos suficientes para atender a tantas necesidades. Con la derecha empuñaba la espada, ya oxidada por efecto de la humedad, con la que propinaba espadazos a la vegetación agobiante que obstaculizaba su paso. Con la izquierda tenía, al mismo tiempo, que sujetar o apartar las ramas laterales, enjugarse el sudor, espantar insectos molestos y picadores y rascarse. Tantas labores con una sola extremidad originaban en él un estado de permanente irritación que no sabía sobre qué o quién descargar. Si lo hacía contra las plantas temía agotar pronto sus fuerzas y no resultaba aconsejable su dispendio. Nadie sabía hasta dónde o cuándo se dilataría aquella tortura. Se limitó, pues, a respirar hondo y a confiar en que aquel infierno verde y blando y húmedo se acabara alguna vez. «Quien algo quiere, algo le cuesta», —se consolaba. Caminaba con los ojos atentos a dónde ponía los pies. Estaba advertido de que había zonas en aquel barrizal capaces de engullir a un hombre. Tampoco descuidaba el examen de las ramas que cortaba o retiraba a su paso. Algunas alojaban inquilinas de colmillos venenosos. Por eso, porque, tanto él como sus compañeros, esperaban el peligro de la naturaleza y ni siquiera se les había ocurrido que aquella jungla fuera habitable para el ser humano, les sorprendió tanto que, de pronto, uno de ellos gritara al sentir su pecho atravesado por una flecha. No fue el único, aunque Lorenzo de Figueroa no lo llegó a saber. Por reacción instintiva arrojó su espada contra los arbustos y desanduvo sus pasos, confiando encontrar la salvación en el lugar en que habían iniciado la marcha quince días antes. Sólo fue capaz de deshacer su camino unos pocos metros, luego se salió de él sin darse cuenta y cuando paró para recuperar el aliento, miró en todas direcciones para comprobar que no sabía dónde estaba, ni qué rumbo había seguido. Incapaz de encontrar sus propias huellas, se sentó junto a un tronco a pensar. Los árboles formaban un techo que le impedía conocer la situación del sol. Escuchó con atención para percibir algún rastro sonoro de sus perseguidores. Resultaba imposible oír el ruido de unos pasos en aquel guirigay de aullidos, graznidos, cánticos, con que los animales, sobre todo monos, aves e insectos, anunciaban a sus iguales su presencia. Se resignó a su suerte, mas no pudo continuar allí sentado porque unas hormigas casi transparentes lo consideraron un intruso y le propinaron en las nalgas mordiscos a discreción con sus fuertes mandíbulas. Caminó despacio, intentó mantener una línea recta, pero cada poco debía sortear un grueso tronco o una zona inundada o una mata de vegetación espinosa. Se resignó a caminar al azar, confiado en que su suerte le condujera a la salvación. Cuando cayó la noche decidió descansar. Limpió un trozo de suelo y lo cubrió con las grandes hojas verdes de un abacá. Sobre ellas formó una estructura con ramas y las cubrió con diferentes tipos de hojas. Se metió dentro y esperó sentado, con los brazos alrededor de sus piernas y el mentón apoyado sobre sus rodillas. Algunos mosquitos intentaron hacerle compañía, él lo impidió tapando la abertura con ramas y hojas. Quedó así encerrado en una especie de huevo vegetal, apestado por el olor de su propia entrepierna. Se sintió más protegido y también más indefenso. Así era difícil que lo vieran, pero a él no le resultaría fácil detectar la presencia de un inminente enemigo. Su frágil refugio resultaba fácilmente traspasable por lanzas y flechas. Se consoló con el pensamiento de que primero lo tenían que descubrir. Decidió quedarse y descansar. Se tumbó hecho un ovillo y esperó con el oído muy alerta. Aunque se encontraba agotado, el miedo le disuadió de dormir. Comentó a llover y se alegró, pues aunque el agua le demostró enseguida que su refugio no era impermeable, le permitió suponer, esperanzado, que sus posibles enemigos se darían una tregua para, a su vez, guarecerse de la lluvia. De pronto despertó sobresaltado. Se había dormido, había perdido la conciencia del paso del tiempo. Aguzó el oído por si en ese intervalo se hubiera producido algún cambio sospechoso en su entorno sonoro. Ya no se oía a los simios, las aves también habían disminuido su presencia. Dominaban los insectos. Dio la bienvenida a las ranas que antes no estaban y percibió una melopea lejana, un cántico cacofónico que se repetía con cadencia hipnótica y que, para su alegría y preocupación, parecía tener origen humano. Contuvo el resuello para oír mejor. No le cupo duda, se trataba de sonidos humanos. Comenzó a inquietarse, aquella novedad lo sumió de nuevo en un torbellino de emociones: temor, esperanza, optimismo, abulia. Razonó consigo mismo que, en aquellas circunstancias, no se trataba de estar tranquilo, en un estado de paz interior, sino de sobrevivir y que para ello debía exponerse, debía arriesgarse, tenía que salir de allí para comprobar si el destino le abría una puerta o, por el contrario, le ponía un cebo para ultimarlo. Percibía ambas posibilidades como una solución; quería acabar de una vez, no le veía sentido a un futuro miserable, sin expectativas. Abrió su placenta vegetal y nació a la noche. Los mosquitos le dieron la bienvenida con alborozo y él se sumó a la fiesta con manotazos que sonaron como palmadas sobre su propia cara. Hubo revoloteos y movimientos en las ramas. Algunos ruidos cesaron y otros hallaron principio. Caminó hacia la salmodia corrigiendo mil veces su trayectoria, con frecuentes dudas sobre si cada vez se oía mejor o más lejana hasta que, al culminar un alto, vio, entre la espesura, el resplandor de una hoguera. Anduvo en línea recta, a costa de varias caídas y cortes en la cara y las manos. Atravesó una charca, rogó que no fuera de cieno atrapahombres, surgió a la otra orilla con los muslos, los brazos y el cuello plagados de sanguijuelas. Las golpeó de forma rutinaria sin reparar en que esta vez no se trataba de zancudos aplastables. Avanzaba hipnotizado por el resplandor. Olía el humo y un cierto aroma que acompañaba al humo. ¿A carne asada? Le pareció que sí, que claramente olía a sabrosa carne asada sobre las brasas. Tragó saliva y se lamió los labios en acto reflejo. Siempre había sido partidario de la cocina sencilla, abominaba de las salsas complicadas que, en ocasiones, servían de máscara a materiales mediocres o deteriorados. La carne y el fuego y una poca sal. Con eso bastaba. Cuando llegó a la vista de la fogata recuperó la cautela. Una aparición inesperada podía determinar su muerte. Estudió a los indios que bailaban alrededor del fuego, miró a las mujeres y a los niños que, congregados en un extremo, salmodiaban y reían. De vez en cuando uno de los bailarines rompía la formación para acercarse a un barreño del que se servía con un cuenco. Observó con atención el fuego y comprobó que, efectivamente, algunas de las sombras que se perfilaban sobre el fondo resplandeciente no eran troncos, sino animales que se asaban. Volvió a tragar saliva. Estudió el poblado y percibió, con un estremecimiento de alegría, que, delante de una de las chozas, se levantaba una cruz. «¿Era una cruz?», dudó. Frunció el ceño para aguzar la vista, tenía que asegurarse de que no se trataba de unos palos cruzados para secar peces, carnes o pellejos. Nada pendía de ella y aunque las maderas estaban sin desbastar, el palo horizontal se encontraba cruzado en la justa mitad por el vertical y en éste era mayor la distancia desde el cruce al suelo que hasta su culminación superior. Se trataba de una cruz. Respiró hondo y salió de la espesura al claro. Batió palmas y rezó un padrenuestro con la voz más potente que pudo encontrar en el fondo de su pecho. Los indios que bailaban fueron los primeros en oírlo. Se detuvieron para mirarlo sin saber si aquello que veían era una alucinación provocada por el jugo fermentado del maíz o se trataba de un visitante inesperado. Cuando callaron las mujeres sólo se oyó el crepitar del fuego. El grupo de hombres se dividió. Unos se acercaron poco a poco al aparecido, otros se alejaron en la dirección en que reposaban las armas sobre la pared de una cabaña. Los primeros llegaron antes y tocaron la carne y las barbas de Lorenzo que les dejó hacer porque estaba rígido y paralizado. Un viejo rompió el silencio al gritar que no se trataba de un espíritu, ni de un demonio y todos lo celebraron aliviados y se acercaron para palparlo y comprobar con sus propios dedos que el viejo tenía razón. Los de las armas se aproximaron con amagos de ensartar o saetear a aquel loco que había osado sorprenderlos. Lorenzo, ante la cercanía de las lanzas y las flechas, se persignó repetidamente y recitó de corrido varios avemarías. Los indios se rieron y aplaudieron, divertidos por aquel ser vocinglero y gesticulante. Él caminó hacia la cruz seguido por los indios, se la señaló y preguntó que dónde estaba el misionero. Los indios se rieron mucho. Entró en la cabaña. Sólo había una hamaca recogida. En una esquina vio un objeto sobre un cuenco de calabaza. Se dirigió hacia él. Se trataba de un libro de cuarto titulado *De Herculei acti o de cómo el cristiano puede vencer la adversidad* de Fray Miguel de los Ángeles Caídos, dominico, impreso en Madrid en 1598 en la casa de Francisco Martín, con *nihil obstat* del Muy Reverendo Padre Fray José Alonso Pinedo y precio tasado en doscientos veiticuatro maravedíes por don José Antonio de Yarza, escribano real. Lo cogió y buscó un pasaje que pudiera servir de consuelo ante la adversidad o de consejo para superarla, pero la luz era insuficiente y sólo distinguió alguna palabra suelta. Lo cerró de golpe y los indios volvieron a estallar en carcajadas. La misma reacción obtuvo cuando con palabras y gestos les preguntó por el paradero del dueño del libro. «Bueno, —se consoló— he venido a parar a un poblado de la tribu de los indios-risas, peor me hubiera ido en uno de indios taciturnos.» Miró a la concurrencia y observó que había muchos tullidos y algún cretino. Los jóvenes no reían tanto y mantenían las lanzas en posición horizontal por encima de sus hombros. Los viejos, en cambio, parloteaban y reían y uno, más atrevido, le desgarró la camisa para mostrar a los otros su pecho fuerte y velludo. La acción fue recibida con grandes risotadas. A él no le hizo ninguna gracia. Se sentía como un animal en la feria. Tenía hambre y se dirigió a los asados. Estudió las formas y eligió lo que le parecía medio jabato. Se quemó, tuvo que soltarlo. Esta vez se rieron hasta los jóvenes y para hacerlo más a gusto apoyaron por fin las picas en el suelo y destensaron los arcos. Lorenzo dejó que se enfriara la carne sobre la tierra sin hacer caso del parloteo de los indios. Aprovechó la espera para quitarse una a una las sanguijuelas fijadas a su piel. Al arrojarlas al fuego producían un chisporroteo que era recibido con risas y gritos por los indios. Comió con mucho gusto mientras observaba que el calor formaba sobre la carne de las otras piezas pequeñas ampollas que, al estallar, impregnaban el aire de un delicioso aroma.

Cuando se sintió saciado se acercó al barreño del que había visto beber a los indios y se sirvió un cuenco de aquel líquido. Lo escupió enseguida. A los indios sólo les faltó aplaudir. Una mujer se le acercó con una calabaza. Bebió, sólo contenía agua. Se la devolvió con una sonrisa. La vio alejarse, tenía culo de jovencito. Se dirigió a la choza de la cruz. Desplegó la hamaca. Aseguró bien las cuerdas. Sonrió al imaginar la reacción de los indios si, al subirse, se rompieran y se diera un batacazo contra el suelo. Con el estómago lleno había recuperado el buen humor. Se subió a la hamaca, contó a los presentes. Entre los que habían entrado y los que lo observaban desde fuera calculó que estaban pendientes de él unas cien personas. Se durmió con una sensación de que nunca en su vida se había encontrado tan solo.

Cuando despertó todos dormían. Ni pensar en una fuga, ni pensar siquiera en mear, el suelo estaba alfombrado de indios y ante la puerta habían colgado sus hamacas dos jóvenes que dormían abrazados a sus lanzas. El detalle le preocupó, pero qué podía hacer, ¿ir a morir a la selva? No estaba dispuesto. Prefería que su vida acabara por mano humana; además aquellos habían tenido contacto con un fraile y confiaba en que, antes de marcharse, les hubiera inculcado temor de Dios, al menos el suficiente para que supieran respetar la vida de un cristiano. Se tendió de nuevo y cerró los ojos. Ladraron algunos perros, una especie de pollos desplumados correteaban de acá para allá. Algunos indios comenzaron a dar señales de vida. Se removían, se rascaban, tosían, carraspeaban, sonó alguna ventosidad. Las indias se levantaron primero. Se llamaron unas a otras, cogieron sus calabazas y sus cestas y se internaron en la espesura. Pronto tuvo a un par de viejos al lado de su hamaca. Le miraban y sonreían sin decir nada. Uno tuvo la osadía de separarle los labios para examinarle los dientes. Lorenzo pensó que querían que se riese, así que los miró y se carcajeó.

Su risa despertó a más indios. Se tiró al suelo y pisó a los que pudo. Se rió mucho al verlos despertar sobresaltados y resacosos. Se dirigió a la espesura, los viejos le siguieron y no perdieron detalle cuando orinó. «Sois unos viejos bujarrones», les dijo Lorenzo y soltó una carcajada. Ellos le correspondieron. Un poco más atrás los de las lanzas miraban serios.

Desayunó unos plátanos y tuvo que refugiarse en la choza porque comenzó a llover con ganas. Hojeó el libro. Comprobó con asombro que el último trabajo se intitulaba *De decimi tertii Herculei gesta*. «¿No eran doce los trabajos de Hércules?» —se extrañó. ¿Acaso su preceptor, el párroco de Ginzo de Limia, había olvidado o les había ocultado el decimotercero? Pensó en su hermano Luis; éste, en cambio, para nada se acordaba de él. Pasaba el tiempo con la vista puesta en el mar en la esperanza de unas velas que retornaran a España. Paseaba la costa, oteaba el horizonte desde los cerros, preguntaba a los desconocidos si tenían noticia de algún barco próximo. Enflaqueció mucho porque no disfrutaba de la comida. Dormía sobre el suelo con la cabeza justo en el punto en que reposaba su tesoro. Al atardecer salía en busca de la brisa a la puerta de su casa y encontraba una nube de insectos que le acribillaban el rostro ante su indiferencia. Contrajo unas fiebres. Una mañana amaneció tembloroso y empapado de sudor sobre el suelo de tierra. No por eso dejó de levantarse. Se dirigió tambaleante, doblado sobre sí mismo, al puerto.

—Cuídese vuestra merced —le dijeron los que ya le conocían.

Rechazó todo ofrecimiento de ayuda. No iba a permitir que la india de ninguno de aquellos aventureros entrara en su casa con la excusa de llevarle una sopa o limpiarle la habitación.

—Pues allá vuestra merced —fue lo único que pudieron decirle los que se preocupaban por él.

Le daba lo mismo pasar por huraño, ante todo debía velar por la seguridad de su tesoro. No quiso más conversación y retornó a la casa. Se desvaneció nada más entrar en ella. Soñó que llegaba un barco y se iba sin él. Despertó con el corazón al galope. Salió a la puerta y miró hacia el mar. Todo estaba oscuro. Volvió a tumbarse. Oyó llover. Le dolían las articulaciones. Se encogió aún más sobre sí mismo.

Su hermano, a esa misma hora, contemplaba sorprendido cómo una india se subía a su hamaca y le sonreía. Entendió la invitación, pero encontró muchas dificultades para cumplir su voluntad de no ser descortés con tan gentil dama. Él era muy grande y le resultaba complejo moverse sobre la hamaca. Tenía miedo de aplastarla, se le enredaban los dedos de los pies en la red, tuvo varios decaimientos y por fin acabó de cualquier manera, sin gusto ni concierto. Reposó un rato y le indicó por señas que se tumbara en el suelo. Ella, solícita, se dispuso a obedecer su indicación, pero un viejo de los sonrientes apareció serio en el umbral y gritó unas órdenes. Él lo miró desagradablemente sorprendido y le arrojó el libro para que dejara de estorbar. Cuando quiso volver sobre ella, se le había escabullido y salía por la puerta. Maldijo al viejo y se sentó sin ropa. Al fin y al cabo, se justificó, ellos van desnudos y hace un calor infernal. Recuperó el libro. Volvió a maldecir al viejo. Intentó serenarse. Buscó el capítulo final. Se sorprendió de que la obra no siguiera un orden cronológico y de que al último trabajo lo llamara *gesta* en lugar de *acti*. Hércules había realizado la hazaña decimotercera a los dieciocho años. Es decir, mucho antes que los doce trabajos clásicos. A esa edad ya medía casi dos metros de altura y tenía músculos de descargador de granos. Se aburría de tañer la cítara y de practicar disciplinas marciales sin una aplicación concreta. Por eso, cuando se enteró de la existencia de un león enorme que causaba estragos entre los rebaños del rey Tespios, cerca de Tebas, no lo dudó ni un instante y decidió probar su coraje con él.

Se alojó en el Palacio Real, en realidad un conjunto de casas vulgares rodeadas por una empalizada. Demostró ser un héroe muy metódico; se levantaba con el alba, recorría los escarpados lomos del monte Citerón, cuidando de eludir los cardos arañadores de pantorrillas y de dónde ponía las sandalias por si las víboras, en busca de la cueva-refugio del devorador de ovejas. Comía queso de cabra que, para ese menester, llevaba en un morral. Si cazaba algún conejo, cambiaba de dieta y lo asaba en una hoguera alimentada por las ramas desgajadas de un chaparro. Regresaba al atardecer para pasar la velada con la familia numerosamente femenina de Tespios. Tenía cincuenta hijas con la feraz Meganedé y con algunas otras mujeres cuyos nombres no han pasado a la historia. Luego se retiraba a su aposento para cumplir con su decimotercer trabajo, el primero en orden cronológico.

«¿Es que era tonto? ¿No le extrañó que, en tanta diversidad de edades y habiendo numerosos pastores y rabadanes rondando alrededor de la casa, todas las hijas de Tespios manifestaran la misma inclinación?

A lo mejor —se contestó Lorenzo mientras leía— es que era más listo de lo que aparentaba y el cansancio acumulado tras cada jornada cinegética no sólo no le impedía cumplir varonilmente con la huésped siempre variada de su cama sino que, además, le permitía conservar la cabeza lo suficientemente despejada como para planificar la cacería de tal manera que la muerte del león coincidiera con la quincuagésima hija.»

Puesto a imaginar, vio a Hércules descubriendo desde el primer día al león dormido en su cueva. Lo imaginó sentado, pensativo, apoyada la espalda contra el tronco rugoso de una encina, árbol consagrado a su supuesto padre Zeus, con un tallo joven de cebada entre los labios, dirigiendo sus ojos pillos hacia el valle en donde se levantaba el caserío del rey. Luego se lo figuró contando para comprobar con asombro que para llegar a cincuenta hay que pasar cinco veces los dedos de las manos y se lo imaginó imaginando hija por hija, de mayor a menor, cada una más atrayente que la anterior pero menos que la siguiente, hasta verse obligado a pensar en otra cosa para reducir el abultamiento delantero de su túnica.

Lorenzo disfrutó del mismo fenómeno al evocar las noches agradablemente fatigosas del héroe y sus días de descanso a la sombra de las carrascas haciendo memoria y balance de las virtudes amatorias de las princesas, comparándolas, disfrutando con el recuerdo del ardor que ponía en la faena la vigésimo cuarta y como la duodécima, en cambio, se mostró retraída, fruto de la timidez o la mala salud o acordándose de que a la decimoséptima tuvo que taparle la boca para que no despertara al palacio con sus gemidos que hacían ladrar a los perros; y de la consistencia de las nalgas de la cuadragésimo primera a pesar de que era una de las primogénitas; y de la suavidad de la piel de la trigésimo tercera, tras cuya visita había quedado para pocos esfuerzos. De la primera seguramente recordaría el encuentro penoso de dos desconocidos que no sabían cómo empezar, pero que estaban ansiosos por desempeñar el que suponían que era su papel y de cuya representación resultó un desastre placentero. Estaba por apostar que el resto de la noche transcurrió en medio de un silencio molesto que ninguno de los dos supo romper.

Con las diez siguientes adquiriría la experiencia que después aplicó con gratificantes resultados durante las noches en que recibió a las que las continuaron. Pero a partir de la trigésimo novena lo que antes era una fuente de placer se convertiría en una obligación rutinaria. Hércules alargaría progresivamente los preámbulos y disfrutaría más con la conversación, con las miradas, con la risa, con el encanto femenino de sus visitantes que con lo que constituía el motivo principal de sus visitas: el acto procreador.

El rey Tespios, mientras tanto, tampoco dormiría por las noches, pero no sería la lujuria la que lo desvelara, manteniéndole insomne con los ojos fijos en el techo sobre el que la avaricia de su imaginación le proyectaba escenas de futuro, en las que pastaban los ingentes rebaños que podría mantener con la caterva de semidiosecillos que le darían sus hijas. Y se le caería la baba al verlos, sansonitos helénicos, gañanes olímpicos, brincar de peña en peña, echándose a los hombros las ovejas como si fueran gazapos.

Cada uno a lo suyo —siguió imaginando Lorenzo— transcurrirían las hijas y, no queriendo repetir —hasta los presuntos hijos de Zeus tienen un límite—, Hércules mataría al león el quincuagésimo día de su estancia allí como invitado de Tespios, mediante un golpe de maza, y se volvería a su casa satisfecho de haber cumplido su primera hazaña, su primer trabajo: ¿El león de Tespios? ¿Las cincuenta hijas del rey Tespios?... Lorenzo dudaba sobre la denominación más adecuada para aquella gesta, cuando entró otra india. Dejó el libro sobre la hamaca, le sonrió, la condujo suavemente hasta un rincón y la tumbó con cuidado. Le apartó el taparrabos y disfrutó con ella como hacía mucho tiempo que no había disfrutado. «Esto es otra cosa», pensó. Se separó de ella satisfecho e imaginó el futuro con optimismo. Se preguntó por qué Hércules, una vez cumplida la hazaña, no había derrocado a Tespios para quedarse con sus rebaños.

Al caer la noche volvieron los guerreros con la caza del día. Cinco monos, dos pavos peruleros, un jabalí y algunos roedores habían servido de blanco para sus dardos. Encendieron fuegos, dispusieron los asados. Lorenzo sintió la mirada ceñuda de los guerreros sobre su espalda. Se aconsejó a sí mismo no separarse de los viejos risueños. Eligió de nuevo la carne de jabalí. Luego prendió un palo resinoso que usaban como tea y se retiró a su choza.

Los días se sucedieron iguales, comía fruta por la mañana y carne por la noche. Durante la siesta cada día lo visitaba una mujer distinta, bajo la supervisión de los simpáticos alcahuetes. Al más anciano, que aparentaba una mayor autoridad, lo apodó Tespios.

Lorenzo aprendió a vivir al día. Sus sueños de riquezas habían quedado enterrados entre la hojarasca de la selva. No disponía siquiera de libertad, pero se sentía feliz. A veces notaba una inquietud. En la tribu tenían domesticados unos loros multicolores a los que periódicamente arrancaban las plumas para su adorno personal. Luego dejaban que les volvieran a crecer para repetir la operación tiempo más tarde. A veces él se sentía como uno de aquellos pájaros domésticos. A vuestra merced, don Antonio, le parecerá que vivía como un animal.

—Pues sí, para qué negarlo.

—Pues no se crea que el de Lorenzo de Figueroa es un caso aislado; por la noche, cuando vuelvo a mi casa, veo a mi perro Hércules sentado gravemente en el umbral con aspecto de encontrarse sumido en profundos pensamientos y me digo: cambia, Matías, vives como una bestia, hasta tu perro tiene una vida interior más rica que la tuya... Pero volvamos a nuestra historia, ¿qué moraleja ha deducido vuestra merced?

—¡Ya flotan, ya flotan! —Patricio Mulligan se levantó de un salto y comenzó, tras descalzarse, a quitarse la ropa.

Don Antonio de Liñán y Verdugo carraspeó. No sabía hacia dónde mirar y repetía: «Jesús, Jesús», por lo bajo.

Patricio, en cueros, corrió hacia el río y se metió en el agua. Gritó al notar su contacto helado. Enseguida comenzó a arrojar peces a la orilla. No boqueaban ni coleaban, parecían alelados, traspuestos. Patricio Mulligan gesticulaba con movimientos espasmódicos y sin dejar de gritar: «¡Aaaaaah!» Las lavanderas habían dejado de machacar las prendas para mirarlo con atención.

—Según Julius Pluvius Triuncensis en su *De viri mensura*, la medida perfecta del hombre es un metro y setenta y cinco centímetros —afirmó Liñán con la vista puesta en Patricio.

—Exageráis un poco, don Antonio, yo me conformaría con diecisiete centímetros y medio.

—¡Jesús, Jesús, qué cosas decís, don Matías! Yo me refiero a la medida del cuerpo entero.

Matías sonrió porque sabía a qué se refería.

—Y dígame, don Antonio, ¿por qué esa medida y no otra?

—Porque, a pesar de haber sido propuesta como arquetípica por un pagano, fue confirmada por el propio hijo de Dios, que eligió encarnarse en un cuerpo de varón de un metro y setenta y cinco centímetros de altura. Si no hubiera sido esa la medida perfecta, Dios, que es la plena sabiduría, no la hubiera elegido.

—Y ¿por qué sabéis que ésa era la medida de Cristo?

—Porque lo dice nuestro padre San Juan Crisóstomo. ¿Acaso la ponéis en duda?

—En absoluto, don Antonio, pero recuerdo que este mismo Santo Padre también afirmaba haber conocido a un centauro; según él, al último centauro.

El ruido del chapoteo les anunció que Patricio volvía. Se dieron cuenta entonces de que, junto a ellos, el pasto del otoño estaba sembrado de peces embelesados.

—¡Jesús, Jesús, tiene pecas hasta en la minga!

—¿Cómo decís, don Antonio?

Liñán miró hacia las lavanderas para disimular su sonrojo y dejar de ver el miembro de Patricio, encogido por el frío, sonrosado y orlado de pequeñas gotas de agua como perlas transparentes y diminutas.

—Lo que tengo es una mosca cojonera que insiste en posárseme en el capullo.

—¡Jesús! ¡Jesús! —musitó Liñán, a quien le parecía que Patricio Mulligan no alcanzaba la altura de Cristo.

—No es cojonera, Paddymulli, habla con propiedad —le corrigió Matías deseoso de hacer gala ante Liñán y Verdugo de su cultura clásica—. Se llaman moscas júnicas porque fueron creadas por la celosa Juno para martirizar la vulva peluda de la ternera Io a quien Júpiter cortejaba ante los ojos múltiples del vaquero Argos. La mugiente Io huyó a Asia y no encontró paz para su vulva atormentada hasta llegar a las fuentes del Sol. Allí la encontró su enamorado que con una cariñosa caricia con la yema de sus dedos la libró de las moscas. Nueve meses después, Io parió a Epafos, que significa «Hijo del tacto». La única explicación que le encuentro a tal nombre es que Júpiter la acarició con un dedo duro pero sin hueso, el destinado a plantar niños, ¿no le parece, don Antonio?

A Liñán y Verdugo le parecía que Patricio Mulligan tenía un cuerpo compacto que, con los años y el abuso de la cerveza y de las salchichas, derivaría hacia la obesidad.

—Pues si San Juan Crisóstomo dijo que conoció a un centauro es que el último de ellos murió mucho después de los tiempos paganos, no lo pongáis en duda —Liñán habló con mucho énfasis del tema que les había ocupado con antelación para disimular los titubeos provocados por la presencia desnuda de Patricio y eludir la respuesta a la cuestión planteada por su interlocutor.

—Ya lo creo que lo dice —confirmó Matías—, se encontró un centauro en una aldea de Creta, la misma en donde nació Tito, compañero de San Pablo, a quien dirigió la famosa epístola. El centauro se llamaba Pantaleón, era un viejo calvo, cano y muy triste. La vida le había tratado mal. Poseía un alma sensible e inteligente y hubiera deseado una compañera con sus mismas cualidades psíquicas. Las mozas a las que hizo partícipes de sus inquietudes se las tomaron a mal. Una, por nombre Atenea, que sólo compartía con la diosa homónima el color de los ojos, lo envió a cubrir a la burra del tío Papadopoulos, pastor de ovejas de una aldea cercana.

—¡Jesús, Jesús! —exclamó Liñán.

—Otra le hizo referencia a la mula de una tía carnal que pastaba en un prado próximo. Pantaleón se sentía muy desgraciado. En realidad lo que provocaba el rechazo de las mujeres no era el tamaño de su miembro, algunos envidiosos le apodaban Cincopatas, pues aquél representaba un inconveniente menor y algunas lo hubieran sufrido de buen grado, sino la conciencia de que el embarazo dura nueve meses y los fetos, sobre todo en el último periodo, dan patadas, dan muchas patadas.

—Bueno, déjense vuestras mercedes de historias de caballerías y cuéntenme cuál era la moraleja de la historia de los indianos, que me he quedado a medias —a Patricio le habían dejado de castañetear los dientes y ya podía hablar. Entre tiritones se había frotado con fuerza con el paño de su hermana y ahora se vestía.

—Pues la moraleja, don Patricio —Liñán habló con la mirada puesta en los peces—, es que la fortuna hizo la infelicidad de don Luis de Figueroa y que la desgracia trajo la dicha a don Lorenzo de Figueroa. A veces la desgracia se disfraza de fortuna y viceversa. Por decirlo con un verso: Fácil la miel se eriza de aguijones. Pero acabe su historia, don Matías.

Matías no le escuchaba porque acababa de ver que Rafaela Vázquez Mendoza recogía su colada y, en lugar de acometer el ascenso de la cuesta de la Vega, iniciaba el camino de la chopera en la dirección en que ellos se encontraban.

—¡Don Matías!

—Ah, disculpe vuestra merced, me había distraído. Pues, como le decía, una noche Lorenzo Figueroa ocupó su lugar junto al fuego dispuesto a dar buena cuenta de su asado cotidiano. Enfrente tenía a su rey Tespios, cuya presencia sonriente constituía el seguro de su supervivencia. Disfrutó del aroma arrojado al aire al explotar las ampollas que el calor formaba en la carne. Estaba contento, aquel día había repetido con una de las muchachas que más le gustaban y confiaba en que, tarde o temprano, le permitirían que se quedara a vivir con él. Cuando lo juzgó en su punto, cogió un trozo de carne y sopló para que se enfriara antes. Observó en los viejos, al otro lado de la lumbre, la misma expresión de felicidad de siempre, pero le sorprendió que miraran un poco por encima de él. No le dio tiempo a averiguar la causa. Un joven guerrero lo desnucó con un certero golpe de macana. Luego lo descuartizaron y guisaron con tomates. Toda la tribu participó del banquete. Los dos viejos se repartieron los testículos. Por las mejillas de algunas mujeres resbaló una lágrima. Todos la atribuyeron al humo de la hoguera. Alguna vomitó. Todos lo consideraron un efecto del embarazo. Los jóvenes rieron por fin. Lorenzo de Figueroa murió sin darse cuenta de que sólo había constituido un remedio temporal contra la endogamia y los males de la consanguinidad.

—¡Jesús, Jesús, qué salvajes! —exclamó Liñán, impresionado por aquel desenlace.

—Así es la vida. Su hermano, mientras tanto, curó de las fiebres y, al cabo de un mes, encontró una vela hacia España. Compró el caserón de la calle Mira el Sol y se encerró en él, temeroso de que alguien le quisiera robar su tesoro. Sólo abre la puerta a un usurero guipuzcoano que, cada cierto tiempo, troca su oro por monedas. Recibe los alimentos a través de una ventanilla que ha convertido en una especie de torno de convento de clausura. ¿Cuál es la moraleja, don Antonio?

—Pues que la fortuna trae desgracia y que la desgracia genera más desgracia todavía.

—Bueno, algo así.

—Tomad vuestros maravedíes, os los habéis ganado.

—Gracias —Matías se desató el cinturón para abrir la bolsa, metió las monedas en ella y se lo volvió a atar—. Os contaré ahora una historia más corta ocurrida en esta villa. Prescindiré de detalles para acabar antes. Debo acudir en ayuda de una dama.

—Contad, pues. Ya me referiréis los detalles en otra ocasión —Liñán miró en la dirección señalada por los ojos de Matías y no vio a nadie, aunque notó una corriente de aire cálido en la cara.

—En esta villa moraban dos damas de alcurnia casadas con hijos de casas nobles. Una, Mercedes, con el hijo tercero del marqués de los Valhondos; la otra, Narcisa, con el hijo sexto del conde de Carralazeña. El marido de Mercedes era aficionado a las comedias y atendía a una actriz del corral del Príncipe más que a su esposa, por lo que ésta decidió, en justa correspondencia, dejarse atender por un estudiante de teología de Alcalá, en cuya persona se reunían juventud, buena presencia y prolijas explicaciones sobre el pecado de la carne y la expiación de la culpa que tranquilizaban bastante su conciencia. El marido de Narcisa, en cambio, sólo la atendía a ella, aunque poco. Era de natural melancólico debido a que, entre sus humores, dominaba la bilis negra, seca y fría. Narcisa, enterada por una dueña de la relación de Mercedes, sintió envidia y buscó entre sus admiradores alguno que superara en prendas al amigo de su amiga. No lo encontró y decidió aventajarla en cantidad ya que no en calidad. Escogió a dos. Uno se llamaba Marcelo y era escribano del Consejo del Reino; el otro, Casimiro escribía poesía en los ratos libres de sus servicios en la Guardia Real. Los recibía en días alternos y hablaba con ellos de amor en términos muy sentimentales sin pasar con ninguno de las miradas arrobadas y los suspiros vehementes. Narcisa no era de natural apasionado y tardaba cerca de tres horas en acicalarse para la visita galante. No es de extrañar, pues, que le costara permitir que la desarreglaran en un arrebato de pasión. Además, a ella lo que le gustaba era que la admiraran y que sus cortejadores expresaran su fascinación con galantes comentarios sobre lo guapa y lo elegante que estaba dentro de sus vestidos. Sus enamorados diferían de sus gustos, —la consecución de su objetivo último pasaba por desvestirla—, y salían de sus citas ansiosos y frustrados. Pronto se enteraron de que no tenían la exclusiva de su amor y mutuamente se espiaron en días alternos y recelaron suspicaces el uno del otro buscando en esa competencia la razón por la que Narcisa no caía rendida entre sus brazos. Un día Casimiro que, como poeta y militar, era menos prudente, salió al encuentro de Marcelo, le pidió explicaciones en plena calle de los Caños Viejos y le emplazó a que se abstuviera de frecuentar a su dama. Resultó reconvenido por Marcelo que igualmente quería disponer en exclusividad de Narcisa. Cuando se les acabaron las razones, echaron mano de las espadas y el sonido metálico de los golpes sustituyó al menos agudo de las palabras. Ambos contendientes demostraron pareja habilidad y enseguida comprobaron que el pecho enamorado no resulta inmune a las estocadas. Pararon cuando carecieron de las fuerzas suficientes para sostener los aceros. Dicen que el amortajador contó sesenta ojales en la piel de Marcelo y cincuenta y ocho en la de Casimiro. ¿Qué moraleja saca vuestra merced de esta historia, don Antonio?

—Pues es difícil saberlo. Tendría que pensarlo.

—Pues yo se la voy a decir, además con un pareado al gusto de Casimiro, que ya le he dicho que era poeta. La moraleja es ésta:

Por una malcornadora
murieron dos gilipollas.

—Bueno, por esta historia os pagaré sólo cinco maravedíes; los otros cinco los reservo para cuando me contéis los detalles.

—De acuerdo, continuaremos otro día. ¡Vamos, Paddy, que se nos escapa!

Alcanzaron a Rafaela Vázquez Mendoza cuando cambiaba de zarza. Al brazo portaba una cesta de costillas en cuyo fondo reposaban unas tres docenas de moras. Algunas no habían logrado la sazón y resaltaban, rojas, sobre el fondo oscuro formado por sus compañeras.

—¿Eso es todo lo que has recogido? —preguntó Matías— Paddy, enséñale nuestra cesta.

Rafaela pudo ver un montón de carpas del Manzanares perfectamente alineadas.

—La duquesa me ha pedido que le lleve peces para comer; para ella todo el año es cuaresma.

—Pues los peces son tuyos —le ofreció Matías.

—Los aceptaré según lo que me pidas a cambio —objetó Rafaela, desconfiada.

—Enséñame un pie.

—Que te lo enseñe tu madre, qué te has creído.

—Bueno, bueno; no te pongas así.

—Pues tú, Rafaelita —terció Patricio—, también tienes cara de Cuaresma.

—¿Y qué cara tendrías tú si te vieras tratado en casa de tu familia como un sirviente? No sé cuál es mi culpa, quizá nacer en la madre equivocada, pero lo que sí sé seguro es que la duquesa se ha propuesto humillarme hasta que expíe ese maldito error. Si al menos fuera ella la que se largara a Guadalajara… El duque, en cambio, es un caballero, me trata como a una sobrina lejana.

—¿Y ha sido la duquesa la que te ha mandado a coger moras? —se interesó Matías, mientras echaba las primeras en el cesto de ella.

—Sí.

—Pues otra vez le dices que la que quiera moras que se arañe los brazos —intervino Patricio, puesto también a la tarea de recogerlas.

—Ya, vosotros lo veis muy fácil, pero yo tengo que vivir en su casa.

—Porque quieres —Matías aprovechó la ocasión—. Sabes que mi casa es tu casa, mis perros son tus perros, mi criado es tu criado y yo soy tuyo.

—Y, ¿en calidad de qué viviría en ella, don Matías? ¿Acaso habéis pedido mi mano?

—No, doña Rafaela, pero ya habría tiempo.

—¡Ja, qué gracioso! ¿Cuándo? ¿Cuándo llegaría ese momento? ¿Cuando ya estuvieras harto de mí?… No, muchas gracias, soy una joven felizmente soltera y así me pienso quedar —Rafaela se acordó del negro Ostirala, la mayor ofensa recibida de la duquesa. Lo sentía por él, pero aquella boda no estaba entre sus planes. Antes se encerraría en un convento que casarse con aquel baboso con ínfulas de limpio de sangre.

—Jamás me cansaría de contemplar tu belleza.

—Entonces, ¿por qué no me pides en matrimonio?

—Porque te quiero bien y no deseo hacerte infeliz.

—¡Ay!

Matías, en principio, pensó que Rafaela exageraba al recibir sus palabras con aquel grito. Luego comprobó aliviado que era la zarza y no él la causa de su sufrimiento.

—¡No tires, no tires!

El aviso de Patricio llegó tarde. Rafaela quiso acabar con el dolor del pinchazo de un tirón y consiguió desgarrar la manga y hacerse un profundo arañazo que le llegaba desde el codo hasta el dedo corazón de la mano derecha. Matías le quitó la cesta con cuidado y la depositó en el suelo. Luego cogió el brazo herido, retiró la tela y sorbió a besos las gotitas de sangre que, como rocío rojo, perlaban su piel. A la muchacha se le habían saltado las lágrimas. Matías no se atrevió a restañárselas por el mismo procedimiento. Retuvo la mano de ella entre las suyas mucho rato; Patricio también contemplaba la escena sin decir nada, los dos inmóviles en la admiración de aquel rostro bello y desolado.

—Tú no lloras por las espinas —le dijo Matías.

Fue la señal para que la muchacha estallara en llanto.

—Me siento muy desgraciada —explicó entre sollozos.

Los dos hombres la comprendieron, pero ninguno de los dos supo decir nada que le sirviera de consuelo. Vieron en sus lágrimas la maldición de ser diferente, de no estar integrado en ningún grupo admitido. ¿Qué era Rafaelita? ¿Era noble? ¿Era plebeya? ¿Su sangre fluía limpia? ¿Se la podía considerar cristiana nueva o cristiana vieja? ¿Poseía bienes? ¿Era pobre o era rica? Sólo era alguien diferente, sin clasificar. A Matías le gustaba mucho, pero ¿casarse con ella?... Se sintió mal consigo mismo.

—No llores, Rafaelita, no llores —fue lo único que alcanzó a decir.

Sonaron las campanas con el toque del Ángelus. Comenzó San Gil, en la lejanía. Le siguieron San Juan, Santa María, las Bernardas, la capilla del Obispo y su vecina San Andrés, las Jerónimas

Descalzas, San Miguel, San Nicolás, Santiago, San Pedro. Luego, más próximas, oyeron las del convento de la Encarnación y las de la propia Capilla Real del Alcázar. La ermita del Ángel de la Guarda, en el camino de Móstoles, al otro lado del Manzanares, cerró la serie con su humilde esquilón.

Rafaela ya no lloraba. Había encontrado consuelo y olvido en el rezo del Ángelus.

Patricio y Matías cogieron moras en silencio para no disturbar el estado de paz, el que sigue al llanto, que embargaba a Rafaela.

—Bueno, ya hay bastantes. Hemos cogido también unos puñados para nosotros. Vámonos, Rafaelita, te acompañamos hasta tu casa.

Iniciaron la subida. La muchacha llevaba el barreño de la colada sobre la cabeza. De vez en cuando sorbía por la nariz. Matías caminaba a su derecha con la cesta de las moras; Patricio, al otro lado, soportaba sobre su brazo la más pesada, llena de peces cubiertos con una fina capa de moras.

A la altura de la plaza de la Cruz Verde torcieron a la derecha. Siguieron la calle Redondilla hasta la plaza de la Paja. Desde allí bajaron la costanilla de San Andrés hasta el palacio ducal.

—¿Ya estás más contenta? —preguntó Matías.

Rafaela afirmó con la cabeza y acompañó su gesto con una sonrisa melancólica.

—Bueno, así estás más guapa que cuando hacías pucheros. Toma las moras y, para que te quedes contenta, te vamos a regalar cuatro peces, pero tú cóbraselos a la duquesa y quédate con el dinero.

En el zaguán del palacio había un portero viejo que cogió la cesta de las moras y los cuatro peces y apremió a Rafaelita.

—¿Cómo has tardado tanto? La duquesa se ha interesado por sus peces. Ya es hora de comer y no están preparados. Date prisa.

Rafaela miró a Matías con los ojos de nuevo empañados.

—Pues decidle a la duquesa que los peces no tienen horario y que nadie les puede imponer el momento en que han de dejarse atrapar —Matías miró al portero con insolencia. Un sonido extraño, que no era de campana, interrumpió la escena.

—¿Qué es eso? —preguntó Patricio.

—Es un gong, una especie de platillo metálico que se toca con un palo de madera —le informó Rafaela en un tono resignado—. Indica que es hora de comer.

—¿Un gong? ¡Anda —se asombró Patricio—, es el primer instrumento que conozco que se llama como suena!

Matías permanecía ensimismado. Aquel sonido metálico le había transportado hasta su pasado oriental, hacia el patio de un templo en donde un monje rapado golpeaba un gong con angustia para avisar de la presencia de los españoles, hacia una túnica de color azafrán atravesada por una flecha, hacia idolillos y objetos sagrados metidos de cualquier manera en un saco de yute, hacia un campilam que chorrea y reclama más sangre, hacia el olor a sándalo, hacia un templo que arde, hacia el patio de un templo alfombrado de túnicas de color azafrán empapadas de sangre, hacia una huida precipitada hasta una playa sombreada de cocoteros en donde esperan unas barcas, hacia el sabor agridulce que envuelve el paladar de los supervivientes y les hace escupir al mar aunque tengan la boca seca, hacia el alborozo del saqueo, hacia la pesadumbre del saqueo, hacia la alegría de la muerte ajena, hacia el desconsuelo por la muerte ajena.

Dejaron a Rafaela, descendieron en silencio hasta la plaza de los Carros, tomaron la calle Tabernillas y la siguieron hasta su cruce con la del Mediodía Grande; allí giraron a su izquierda. A los pocos metros cambiaron de dirección para coger la del Mediodía Chica que bajaron hasta su esquina con la calle de los Irlandeses. A la puerta de la taberna de Mulligan les esperaba Jeremías.

—Pase vuestra merced y tómese una cerveza con nosotros —invitó Patricio.

—Se lo agradezco, don Patricio, pero lamento informarle de que no dispongo de mucho tiempo. Sólo les quería confirmar —continuó el mayordomo con la vista puesta ahora en Matías— que el encargo de que les hablé puede ser ya ejecutado. Les pagaré ahora la mitad del precio y el resto después si el trabajo se realiza a satisfacción del cliente.

—Así se hará, don Jeremías —afirmó Patricio, rotundo.

—Ah, por nada del mundo deseo que Diego resulte herido. Lo lamentaría mucho.

—¿Quién es Diego? —se interesó Matías, por fin recuperado de sus recuerdos.

—El acompañante del lusitano.

—¿Y qué tiene de especial para que sea objeto de vuestro interés? —preguntó desafiante.

—Pues simplemente que él no tiene nada que ver en el asunto que nos ocupa y sería lamentable sacrificar a un joven inocente en la flor de la vida.

—Pero nosotros correremos un riesgo adicional si dejamos un testigo.

—No debe sufrir daño alguno. En caso contrario, lamentaría tener que informar que el encargo ha sido mal ejecutado.

—Entonces os costará algo más —dijo Matías con la mano extendida como si pidiera limosna.

—Pero si es la mitad de trabajo. En vez de matar a dos, matarán sólo a uno.

—Es el riesgo lo que importa, no las vidas que tengamos que quitar. Os costará mil maravedíes adicionales, ni uno menos.

Jeremías se lamentó. Ya no podría rendir visita a la calle de los Mancebos. Pero por Diego estaba dispuesto a hacer cualquier sacrificio. Se lo imaginó solo, perdido en Madrid, con esos ojos tan castaños y tan tristes. Una vez muerto su protector, no resultaría difícil conseguir su amistad. Suspiró y se echó mano a la bolsa.

Matías y Patricio observaron cómo se alejaba sin decidirse a entrar en la taberna.

—¿Qué tramará? —preguntó Patricio.

—Parece que le gusta el fulano.

—Pero si Jeremías está liado con un castrado italiano que canta vestido de mujer en los entreactos del corral de la Cruz. Lo caparon en el coro del Vaticano para que conservara más tiempo la capacidad de romper cristales con sus agudos sostenidos.

—Bueno, Paddy, la razón está clara: quiere cambiar de novio.

Patricio permaneció pensativo.

—Eso lo entiendo —dijo al fin—, pero hay una cosa de Jeremías que no me entra en la cabeza, es su relación con el castrado: si no le gustan las damas, si halla placer en cometer el pecado nefando con sodomitas, sean pacientes o efusivos, ¿por qué se acuesta, entonces, con un hombre que parece una mujer?

—Ah, misterios del amor. Vamos dentro a ver qué nos ha preparado tu hermana para comer.

Matías empujó la puerta y ésta le chirrió al abrirse.

—¡Dolly, te traemos moras! —voceó Patricio.

Las moras, que formaban una capa sobre los peces, estaban aplastadas por una bolsa de tela llena de maravedíes.

5. Taimada sombra

La carne de un pollo guisada con ajos constituyó el almuerzo de Diego y de Delfín. Habían regresado a la posada de El Dragón para cambiarse de ropa.

—¿Sabes lo que tienes que hacer si nos sorprenden? Golpéame sin miedo, con autoridad, prefiero sufrir una merma en mi orgullo antes que verme preso. Te acordarás de mi madre y maldecirás la hora en que me tomaste a tu servicio. Empeñarás tu palabra de que tú mismo me conducirás a las galeras. No dejes hablar al guardia y sácame de allí a empellones antes de que llegue la ronda.

Mientras se acicalaba, Diego volvió a meditar sobre los trabajos que han de sufrir algunos para no trabajar. Se vistieron sus mejores galas.

Bajaron por la calle de Toledo hasta una cuadra situada en la Huerta del Bayo, donde alquilaron dos caballos castrados de ese color. No eran los de más fina estampa. Delfín sabía que la atención de las personas muchas veces no pasa del envoltorio.

—La gente prefiere un burro guadralpado antes que un pura sangre desnudo —explicó a Diego para contestar a sus objeciones sobre el aspecto de los jacos.

Se gastaron más reales en la guarnicionería que en las caballerizas. Salieron sentados sobre sendas sillas rematadas profusamente con apliques plateados y separadas de los corceles por mantas sudaderas de terciopelo. La cincha de pechera se recamaba con motivos vegetales y de las riendas de pasamanería colgaban algunas borlas bermejas. Por mor del artificio aquellos vulgares jamelgos se convirtieron en unos trasuntos de Bucéfalo tras la conquista del imperio de la India.

Sobre ellos trotaron orgullosos, con la mano sin rienda apoyada en el muslo, a jubón descubierto, las capas desplegadas sobre las grupas cual magnos alejandros de plumíferos sombreros y gesto altivo.

Por el Prado de los Trajineros ya circulaban carruajes, pero muy despacio. Buscaban más ver y ser vistos que llegar a alguna parte.

—Mira, Diego, ahí tienes a los hidalgos de los que te hablé.

Diego vio un corro de solemnes caballeros alrededor de la fuente del Caño Dorado.

—¿Qué hacen?

—Beben agua.

—Y qué tiene eso de particular.

—Que la mayoría no ha comido. Beben con ansia exagerada para dar a entender que han almorzado opíparamente y la digestión les ocasiona una insaciable sed.

—Buenas les quedarán las tripas.

—Muy bien lavadas, sin duda. En muchas ocasiones, antes de doblar una esquina adivinas que te vas a cruzar con un hidalgo por el zurrido de sus tripas. Los preceden cual heraldos timbaleros. Bueno, vamos a lo nuestro. El carruaje de doña Emilia suele rondar aquella mata de madroños. Tomemos posiciones no sea que algún cazador de dotes se nos adelante.

Diego se admiró del concepto de sí mismo que no tenía Delfín.

Se tocaban el ala del sombrero cuando se cruzaban con otros jinetes o con carruajes. Las cortinillas de éstos aparecían descorridas para permitir la visión de las damas sedentes acompañadas de dueñas severas. Unas y otras amagaban reverencias en contestación a su cortesía.

—Ahí está el carruaje.

Fueron a su encuentro arrullados por el sonido de las herraduras sobre las hojas secas.

Emilia acababa de cumplir veinte años, aunque parecía algo mayor. Le enorgullecía su nariz aguileña que consideraba, cuando menos, ducal y se lamentaba de sus pómulos y de su barbilla. A los primeros acusaba de salir poco del plano de la cara; a la segunda, de apenas existir. A ambos, de configurar un rostro alargado del que, a no tardar, se descolgarían, flácidos, los carrillos. Cuando miraba el rostro de su madre deseaba no haber nacido de ella. La indiferencia que sentía por sus ojos no resultaba justa, pues, aunque saltones, eran grandes y se encontraban techados por unas cejas que descendían en una línea casi recta y provocaban sentimientos protectores hacia el conjunto de su persona, que bien podía ser definida como una sorprendida y lánguida beldad.

Su prima no sufría tantas dudas sobre su aspecto. Era más descarada, más guapa y más pobre. No en balde había sido engendrada por un hijo segundón en la hermana pequeña del padre de Emilia.

Delfín se encargó de presentar a Diego y de que éste rodeara el coche para situarse junto a la ventanilla de la prima. «¿Es que Delfín no prefiere a las guapas como todos los tontos, digo, como todos los hombres? —se preguntó Diego durante la maniobra—. Sí, claro que sí —se respondió—, pero no a cualquier costa. Por la familia te quiero, Emilia.»

Diego mudó de pensamientos porque Adela no apartaba los ojos de los suyos. Le miraba con mucha intensidad, como si pretendiera sorberle el seso a través de las pupilas. Él apenas se esforzó en entretenerla. Ella se ocupó enseguida de pasar de las fórmulas de cortesía a interesarse por el padre de su interlocutor, por su posición en la vida y por sus planes profesionales.

—Escuchad, doña Joaquina —le decía a la dueña que escuchaba desde el asiento de enfrente—, don Diego es el primogénito de un mayorazgo de quinientas ovejas... Y, ¿cuántos maravedíes decís que vale cada animal?

Diego contestaba a su interrogatorio con noticias exageradas, sorprendido por la vitalidad de aquella lengua, apenas contenida en una boca de dientes desiguales y labios semigruesos siempre húmedos. Debajo del sombrero de Diego rondó la tentación de acallarla con un beso, de morder aquellos labios jugosos como un fresón de Aranjuez recién lavado, pero renunció a caer en ella por el recuerdo de las penas que la Nueva Recopilación reservaba a los reos de estupro.

Delfín notaba la boca reseca de tanto hablar. Emilia recibía sus ternezas con una sonrisa que resultaba insuficiente para despegar sus labios. Se limitaba a dibujar una curva ascendente similar a la fase más menguante de la luna. Al oído de Diego, que a ratos se evadía de la conversación de Adela, los requiebros de Delfín le sonaban demasiado empalagosos. El brillo de los ojos deslumbraba al mismo sol, en las mejillas se aunaban la nieve y el clavel y el vapor de su resuello reproducía el perfume del jazmín. Le traían a la memoria el efecto sobre sus dientes de los dulces moriscos. Una tarde de su infancia, Amina, la madre de Abdessalam ibn Abdessalam, primera mujer de Abdessalam ibn Abdalá, lo invitó a merendar alajú, ella decía *al-hasu*, que era una pasta de miel cocida con otros muchos ingredientes deliciosos como piñones, almendras machacadas, nueces enteras y pan tostado. A Diego los piropos que Delfín depositaba en los oídos de Emilia le sabían a alajú y le producían dentera.

A Emilia comenzaron a saberle a gloria desde el momento en que el galán le hizo ofrenda del encaje, incluso enseñó los dientes mientras lo extendía sobre su halda y lo examinaba con entusiasta detenimiento.

—¡Qué generoso! —el timbre de su voz sonó tan delicado como el de la ocarina.

—Es por vuestro cumpleaños.

Adela aprovechó para interesarse por el aniversario de Diego.

—Pues parecéis mayor.

—Es por no haberos conocido antes.

—Qué zalamero sois, pero decidme... ¿es cierto que don Delfín pertenece a la Orden de Cristo?

La Orden de los Caballeros de Cristo, afortunada invención del Rey don Dionis, libró de la hoguera a los templarios portugueses. Les cambió el apellido para que siguieran igual. Es lo que recibe el nombre de *inteligencia lusitana*, que no es otra cosa que la adaptación al medio y a las bulas papales. Otros monarcas los churruscaron inútilmente, pues no resultaron comestibles en ninguno de los reinos de la cristiandad.

—Cierto, señora.

—Y vos, ¿de qué orden sois?

Diego, que aprendía deprisa, prefirió innovar antes que fabricar enojosas mentiras sobre la de Santiago, Calatrava o San Juan, cuyos castillos y jurisdicciones atalayan y copan las tierras de la Mancha.

—De la de los enamorados.

Las mejillas de Adela, de natural rosado, enrojecieron con intensidad. Calló incluso el tiempo suficiente para permitir a Delfín una descripción elogiosa de los méritos de la Orden de Cristo en los descubrimientos ultramarinos de Portugal. «Capitanes intrépidos contra el salvaje o el turco», los definió.

* * *

Otro capitán seguía el desarrollo de otra comedia con relativo interés. La había visto a ratos una docena de veces. El capitán Seisdedos, así apodado por disponer de uno adicional en la más siniestra de sus manos, apenas salía de su corral.

—Quédese, don Germán —le había pedido al lansquenete. Éste entendía poco de la representación, pero se quedó porque le beneficiaba ser visto en aquella compañía, respetada por alguaciles y corchetes. El capitán Seisdedos suponía un hado poderoso para los oficiales de justicia. A los benevolentes los conducía con suavidad hacia una coincidencia de intereses. Se lucraban con el arte del disimulo. A los resistentes los arrastraba primero a numerosas desgracias y finalmente a la tumba si perseveraban. Unos y otros se mantenían a distancia de los amigos del capitán que entraban en el corral con dinero y noticias y salían con instrucciones—, y ya le digo, no dude en acudir al Alcázar si surge cualquier inconveniente. La mujer le pondrá sobre su rastro con toda seguridad. Y tampoco olvide una lección que ese traidor aprenderá sobre su propia cabeza: nada hay más peligroso que una puta celosa y resentida.

Entre los actos o jornadas de la comedia una rondalla de ciegos acompañaba los gorgoritos de una actriz. Aunque exageraba la vocalización resultaba imposible entender la letra. El público no era ajeno a esa dificultad pues, si de ordinario se mostraba vocinglero, en las pausas exacerbaba esa condición hasta convertirse en saboteador.

Los cicateros del capitán sopesaban con los ojos el contenido de las bolsas que pendían de los cinturones de la concurrencia. Recibían instrucciones de no ser exhaustivos, pero procuraban que los visitantes ricos y esporádicos volvieran a sus casas aligerados de peso. En los corrales de la Pacheca, de la Cruz o del Príncipe, en cambio, la orientación era la contraria y regresaban cargados de bolsas. Colgaban de sus correas como perdices patirrojas.

La distribución del trabajo era casi cinegética. Primero intervenía el ojeador que descubría a la víctima y señalaba la situación del botín cual perro de muestra. El ejecutor se encargaba de liberar la bolsa de toda sujeción y de pasarla al transportista, quien la depositaba en las manos del capitán. Seisdedos, con su fino olfato, barruntaba si había sufrido merma durante el traslado. Nadie solía sisar porque temían su mirada escrutadora y era justo en los repartos. No obstante, algunos neófitos en exceso atrevidos servían de alimento a las carpas del Manzanares. Aquél le pareció el destino más adecuado para el cadáver de Delfín.

Seisdedos cultivaba la rivalidad entre los del mismo oficio con el fin de conseguir mejores resultados y de que el miedo de unos por otros los mantuviera sumisos a él. Para eliminar a un ladrón siempre encontraba siete u ocho voluntarios de su gremio. Nada mejor para garantizar el éxito que eliminar a la competencia.

Las fulanas se limitaban a arañarse, ya se ocupaban sus chulos de matarse por ellas. Seisdedos ejercía de rufián de los rufianes, distribuía carreras y desactivaba pendencias. Javiera Martagón, alias la Carancha, era su puta preferida, la única a la que no había designado un protector.

—Tú a las diez a calentarme la cama —le decía.

En verano le dejaba libertad de horario y le vedaba su lecho. La Carancha era una Venus pícnica a la que Seisdedos usaba de edredón o de colchón, según el estado de su ánimo. Ella no se quejaba en ninguna de las posturas.

—Más pitonazos da el hambre —confesaba con la boca llena de altramuces. Satisfacían su gula antes de que San Martín la proveyera de pancetas y somarros.

Hermann miraba el proscenio con impasible tesón. El segundo acto servía para enredar más el argumento. Hermanos incógnitos devenían enamorados, galanes atrevidos fingían identidades que les facilitaran el acceso a sus cortejadas, damas respetables se disfrazaban de aguadoras por amor, dignos padres sufrían deshonra a través de la virtud de sus hijas. De entender el desarrollo de la acción, Hermann hubiera abierto la boca por la ineptitud de su alma germánica para sentir emociones tontas y muy embrolladas. No esperó al tercer acto y se perdió la boda que restauraba honras y reunía en el tálamo nupcial a amantes imposibles.

—¿Ya se ha ido don Germán? —preguntó Seisdedos con el cuello vuelto hacia atrás—. Mentira me parece que un hombre tan grande resulte tan invisible, aunque más increíble les parecerá a sus víctimas. De todas formas, por si acaso, avisad también al alguacil.

La concurrencia asintió. Tanto los que entraban como los que partían besaban la mano izquierda del capitán, en parte como señal de acatamiento y en parte porque traía buena suerte. Había sido el mejor ladrón, el más cumplido rufián y el más hábil estafador. A valiente le ganaron pocos y con ninguno se encontró, vista su edad. Estaba tan dotado de mano izquierda que preveía con acierto cuándo los problemas se presentaban más solucionables por las buenas y la táctica le había dado muy buenos resultados.

* * *

También Delfín estaba satisfecho con su táctica. Acodado en la ventanilla del carruaje, aún no había agotado el repertorio de las galanterías y ya veía a Emilia rendida a su lengua.

* * *

El dueño de la posada de El Gato Escaldado la tenía fuera por efecto de la presión de las manos de Hermann sobre su cuello. Sus pies se balanceaban como los de un ahorcado que da sus últimas boqueadas.

—¿Dónde está?

—Aaagg.

Hermann aflojó la presa y lo depositó en el suelo para permitir que articulara las palabras. El posadero habló deprisa con la mano en la garganta y los ojos muy abiertos.

—No está, no está. Se marcharon.

—¿Marcharon?

—Sí, eran dos; don Delfín y don Diego.

—¿Dónde fueron?

—No lo sé.

Hermann lo agarró del jubón y lo atrajo hacia sí. El posadero luchó inútilmente por mantener la distancia con aquel atlante halitósico que usaba unas erres chirriantes como ruedas de carreta mal engrasadas.

—A Tembleque, a Tembleque, se marcharon a Tembleque —recuperó de repente la memoria.

—No tiembles. ¿Dónde?

—No tiemblo, digo que…

—Sí tiemblas. ¿Dónde?

—Bueno, sí tiemblo, pero digo que partieron hacia Tembleque, que es un lugar de la archidiócesis de Toledo.

—¿Toledo?

—Sí, Toledo, dijo que su padre se encontraba mal.

—¿Malo?

—Sí, enfermo.

El posadero tragó saliva mientras Hermann, caviloso, decidía su siguiente paso. Respiró aliviado cuando comprobó que su decisión lo alejaba de él.

* * *

A Matías, el alguacil, la tarde se le hacía eterna. Había comido salchichas ahumadas y había bebido cerveza negra en compañía de Patricio. Las moras, que constituyeron su postre, le supieron a pescado crudo.

—¿Cuándo se marcha tu padre?

—Pronto, no te impacientes.

—¿Le has dicho algo a Dolly de la Vasques?

—No, nada.

—Entonces, ¿por qué me ignora?

—¿Quién ha dicho que te ignora? Estará disimulando.

—No. Me ignora. Cuando no tiene más remedio que mirarme, dirige sus ojos hacia lo que está detrás de mí como si yo fuera trasparente.

—Manías tuyas. Los españoles no estáis acostumbrados a las miradas frías de los que tenemos los ojos claros. Vosotros tenéis todo demasiado intenso, también la mirada. Tranquilízate y ten paciencia, es cuestión de poco tiempo. ¿Quieres que juguemos a las cartas?

—No.

Continuaron en silencio. Observaron a otros bebedores solitarios y silenciosos como ellos. Siguieron el ir y venir de Dolores Mulligan entre las mesas. Matías intentó captar su mirada azul con la suya negra, pero sus esfuerzos fueron inútiles; resultaba demasiado resbaladiza y etérea. Comenzaba a arrepentirse de haber empleado una suma tan grande para recoger, quizá, sólo frialdad e indiferencia.

Padraig Mulligan surgió tras la cortina vestido en diferentes tonos de verde que iban desde el verdegay al verdinegro.

—Me voy al hospital; cuidad la taberna.

Le siguieron con la vista hasta que salió.

—¿La tiene muy grande?

—¿Qué?

—La hernia.

—Como las salchichas que te has almorzado hoy.

—Y qué pasa, que no tenéis buenos médicos en San Patricio de los Irlandeses.

—Sí, todos cristianos nuevos. Opinan que la única solución es abrirle el vientre para recolocarle el mondongo, pero mi padre se niega a permitirlo.

—Hace bien.

—Yo tampoco lo permitiría —reconoció Patricio.

Callaron para ver pasar a Dolores con una palangana mediada de agua entre las manos camino de la bodega.

—Harías bien… Bueno, Paddy, quedas al mando.

Matías bajó la escalera de la bodega repitiendo la palabra «pediluvio» como si se tratara de una letanía o de un talismán que le liberara del miedo.

* * *

En su corral, Seisdedos instruía a un explotador de niños desvalidos.

—Alquila hoy diez niños que San Miguel despierta muchas devociones y los feligreses caminan con el ánimo más generoso de lo ordinario. Que lloren bien; al que no sepa, le zurras para que aprenda. Nada desanima más la caridad que el sufrimiento fingido.

Tras el besamanos atendió a unos descuideros. Callejeaban sin pausa para apoderarse de los bienes de los confiados, ya fuera la ropa que se oreaba o los cacharros depositados sin preocupación en los zaguanes. En su atrevimiento se internaban hasta las cocinas y hurtaban cazuelas, jarrones, trébedes, badiles, agujas, madejas, perniles, libros, armas, cubiertos. Nada se despreciaba. Los objetos más peregrinos, tarde o temprano, encontraban comprador. Una mañana robaron un reloj de arena en la casa de un poeta. Seisdedos se extrañó del color de los granos.

—Ceniza parece —dijo.

Y acertó, pues lo que marcaba el paso de las horas era lo que quedaba de la amada del poeta, muerta en plena juventud. Sobre su mesa le inspiraba sonetos que tenían por motivo principal el paso del tiempo y el recuerdo del amor perdido. Eros y Tánatos unidos en una ampolla de cristal que hubiera debido tener la forma de dos corazones fundidos en uno por su parte más estrecha. No encontró al artesano que le diera tal configuración, pero sí tuvo la suerte de hallar su reloj el domingo siguiente. Entre rastros de la sangre de animales que dejaron de serlo para convertirse en piezas comestibles, pagó por él lo que no le había costado de nuevo y de más dinero se hubiera desprendido para recuperar la fuente cenicienta de su poesía. Llevaba tres jornadas sin pergeñar un mal verso y el tiempo se le iba en mesarse las melenas.

El gremio de los matarifes y el de los soldados licenciados se encargaban de vengar agravios a cambio de una bolsa de maravedíes. Sus miembros poseían la corpulencia necesaria y la costumbre de la sangre.

—Don Germán, ¿otra vez por aquí?

El alemán se agachó para hablarle al oído.

—Vengo del Alcázar. No sabe dónde para, pero sí dónde estará esta noche.

—El pájaro ha abandonado el nido para caer en el lazo. Haced como acordamos —le contestó Seisdedos.

* * *

Lo que acordaron Delfín, Emilia, Diego y Adela, con aprobación de la dueña, fue acercarse a una pastelería. De Delfín partió la idea de convidarlas a merendar. Sirvieron sobre unas bandejas una jícara de chocolate acompañada de bizcochos. La taza de Delfín descansaba sobre la bandeja que Emilia sostenía sobre sus piernas y, cada vez que mojaba, sentía un estremecimiento que a ella no pasaba desapercibido. Las miradas quemaban tanto como el chocolate humeante y los bocados eran saboreados con una delectación que iba más allá del pecado de la gula.

—Mojad, don Diego, que el chocolate está que arde, digo, que quema —Adela presentaba unas mejillas más encendidas de lo habitual.

El ambiente del coche se había caldeado a pesar de que las puertas permanecían abiertas. En parte se debía al calor de la merienda y en parte, a las miradas de Delfín y de Emilia. A Adela le hubiera gustado dar rienda suelta a las emociones que la conturbaban en busca de alivio para el fuego que le abrasaba las entrañas, pero la presencia de la dueña y la actitud reservada de Diego la obligaron a interponer un dique de autocontrol. Las emociones se atemperaron. El calor del coche poco a poco disminuyó. Cuando apuraron las tazas, el chocolate ya estaba tibio.

—Bien, caballeros, han sido muy amables al invitarnos a merendar. Ya es hora de que estas señoritas regresen a su casa —a la dueña se le escapó un pequeño eructo al decir «amables».

—¿Tendremos el honor de verlas de nuevo mañana en el Prado a la misma hora? —Delfín expuso la pregunta con una ansiedad que parecía sincera.

—No se lo puedo asegurar, caballeros. Depende de la voluntad de la duquesa.

Vieron alejarse el coche con una ancha sonrisa en la boca.

—Mañana, a la misma hora, allí estarán —Delfín se mostró muy seguro del éxito de sus planes. Su única duda versaba sobre el peso de la bolsa que debía hacer llegar a la dueña—. El corazón de doña Emilia se bambolea en la rama presto a caer en mis manos como una pera madura.

—Pero nosotros no apareceremos y se preguntarán por la razón de nuestra ausencia —Diego no compartía su certidumbre.

—¿Por qué no habríamos de acudir?

—Si lo de esta noche sale bien, nos convendría poner tierra por medio.

—De eso nada.

—Nos capturarán, entonces.

—Con menos posibilidades que si nos esfumamos. La primera acción de la justicia cuando se produce un robo llamativo consiste en disgregar a sus chivatos para que averigüen qué amigos de lo ajeno han desaparecido o cambiado de hábitos. Nosotros seguiremos con la misma vida, como si no hubiera pasado nada. Sólo nos preocuparemos de ocultar el botín.

Se encaminaron sobre sus cabalgaduras a la guarnicionería. Hasta la cuadra las llevaron de las riendas.

—Ténganoslas preparadas mañana vuestra merced.

—¿Cuándo? —el encargado de las caballerizas era un viejo encorvado.

—A la misma hora, después de la siesta.

—Y ¿no quieren vuestras mercedes algo mejor? Tengo…

—No, con éstas nos basta.

El caballerizo se rascó debajo de la montera mientras se alejaban. Intuía algo en ellos que no le cuadraba. El hecho de que no dispusieran de monturas propias llenaba su mente de sospechas. Tampoco encontraba explicación a su preferencia por jamelgos que no se correspondían con la elegancia de su indumentaria.

A Delfín sólo le preocupaba consolidar lo que aparentaba ser para serlo de verdad. El dinero le proporcionaría la posibilidad de un buen matrimonio y éste daría visos de respetabilidad al origen de su fortuna. El resto quedaba a su habilidad para sortear incongruencias en el argumento.

Diego, en cambio, dudaba sobre lo que quería ser, pero estaba muy seguro de lo que no: galeote.

Secundaba a Delfín por ausencia de alternativas y empezaba a ver claro que el presente de su compañero no constituía un ideal para su propio futuro.

* * *

Patricio Mulligan vio emerger a Matías Martínez de las tinieblas y le apreció un aspecto de triste satisfacción.

—¿Qué tal? —le preguntó ansioso en cuanto lo tuvo a su lado.

Matías se derrengó despacio sobre el banco, retardando lo que pudo la maniobra para mantener en vilo a su amigo. Luego bebió un trago de cerveza y eructó.

—Bien.

—¿Cómo de bien?

—Ha sido como hundirla en una olla de manteca tibia.

—¿Tiene dientes?

—Ninguno, sólo encías blandas que te…

Matías calló para mirar hacia la puerta que se acababa de abrir. En el umbral, sobre la luz de la tarde, se recortó la figura de un valentón bien armado de espada, puñales y pistoletes.

—Es un teniente de Seisdedos —constató Matías.

Dolores Mulligan emergió del sótano con la palangana apoyada en la cadera. Matías percibió su presencia de reojo y dudó entre seguir prestando atención al recién llegado u ofrecérsela entera a ella. Cuando se decidió por la dama, ya era tarde, sólo pudo ver cómo desaparecía tras la cortina. Le dio la impresión de que lo había hecho con los ojos bajos y una expresión de serena imperturbabilidad en el rostro.

—Seisdedos os manda un mensaje, alguacil. Esta noche junto al palacio del marqués de la Hontanaya, en la Travesía del Nuncio.

—¿A qué hora? —preguntó Matías.

—Sin precisar —respondió el valentón que parecía parco en palabras—. Está noche en la Travesía del Nuncio. Fin del mensaje. Cerveza negra.

Pronunció las dos últimas palabras con la vista puesta sobre Patricio. Luego se dirigió al fondo del local y se sentó en una mesa vacía con la espalda contra la pared.

Patricio Mulligan se acercó a un tonel, llenó una jarra y se la llevó a la mesa. Luego volvió junto a Matías.

—Eros y Tánatos pasean por Madrid —le dijo éste.

—¿Qué?

—El amor y la muerte juntos y de la mano por las calles de esta villa. El amor, fuego que nos abrasa y no nos consume, que nos engaña haciéndonos creer que ya se extingue para estallar de repente en una llamarada. El amor y la muerte, el fuego y el agua.

—¿Cenaremos primero?

—El amor y la muerte se saborean mejor con el estómago vacío.

Patricio Mulligan cruzó los brazos sobre la mesa, apoyó la cabeza sobre los brazos y sopló. Se acercaba el momento de encender las candelas.

* * *

En su posada, Diego y Delfín se vistieron con ropas ordinarias y bajaron a cenar. La posadera había preparado una cazuela de morteruelo y comieron dos raciones con placer. Entretuvieron la sobremesa con la baraja.

Las estrellas brillaban en el cielo cuando salieron embozados. Sus grandes sombreros de ala caída dificultaban su identificación.

—Será una noche muy larga —anunció Delfín—. Si todo sale bien y el botín resulta suficiente me convertiré para siempre en alguien respetable. ¿Qué harás tú?

—No lo sé.

—¿Por qué no te casas con Adela? Te creo de su agrado.

—Su herencia no basta para nuestro mantenimiento. Ella nació de un hijo segundón y no heredará un rico mayorazgo como tu doña Emilia.

—Pero si a su hijuela sumamos tus corderos reunimos un bonito patrimonio.

—¿Tienes la facultad de escuchar mientras hablas? Desconocía que al mismo tiempo que halagabas el oído de Emilia atendías a mi conversación con su prima. Además, olvidas en tu cuenta mi parte del botín.

—¡Ah! Es cierto, disculpa mi olvido.

Caminaron en silencio; Diego recelaba de que la omisión fuera involuntaria. Comenzaba a cansarse de vivir entre artimañas y sospechaba que él mismo podía pasar en cualquier momento de cómplice a víctima. No se sentía cómodo instalado permanentemente en la mentira.

Los altos palacios estrechaban la Travesía del Nuncio. Su alzada irregular producía en su suelo enguijarrado un juego de luces y tinieblas en que predominaban estás sobre aquéllas. Eludieron las fachadas favorecidas por la luz lunar y buscaron la protección de las sombras, pero una de ellas no resultó protectora y se movió negra y ancha y de su oscuridad surgió una espada que atravesó a Delfín y buscó a Diego. Éste, apercibido, desenvainó la suya y le hizo frente. Chocaron los aceros y el de Diego se rompió. Delfín, caído sobre unos escalones, se aferró a las piernas de la sombra. Ella, inmisericorde, lo derribó de una patada y, con la espada entre las manos, lo clavó contra el suelo. Diego aprovechó la dificultad de la sombra en liberar su arma para hundirle lo que quedaba de la suya en la entrepierna.

A los gritos de Delfín se unieron unas voces espantosas emitidas en un idioma extranjero por una sombra asombrada de que Diego no fuera ni bajo ni moreno y blandiera en su mano un resto de espada en lugar de una navaja cabritera.

—¡Mata a la Maridiaga! ¡Mata a la Maridiaga! —gritaba Delfín, mientras la sangre le desbordaba la mano con que intentaba retener la vida.

La sombra hizo ademán de atrapar a Diego y lo agarró por la capa, pero el dolor le impidió mover las piernas con agilidad y permitió que Diego se zafara despojándose de la prenda.

«Antes descapado que como queda el fantasma», pensó mientras corría con todas sus fuerzas sin volver atrás ni la vista.

En la calle del Almendro tropezó con un guijarro saliente y dio con la cabeza en el pavimento. Recapacitó entonces sobre la inutilidad de su carrera y apreció la conveniencia de dirigirse a la posada. Aún respiraba agitadamente cuando se paró ante su zaguán. Escuchó por si oía pasos y sólo sintió los latidos alarmados de su propio corazón que se transmitían por las venas hasta la contusión de su frente. Subió las escaleras de dos en dos.

* * *

Cuando sonaron los gritos, Matías y Patricio ascendían embozados la Costanilla de San Pedro.

—¡Paso a la justicia! ¡Paso a la justicia! —gritaron mientras corrían hacia la Travesía del Nuncio.

Allí se encontraron a Delfín que había olvidado a Maridiaga para siempre. Estaba tendido boca arriba y todavía sujetaba contra su pecho la espada que había acabado con su existencia terrenal.

A su lado, de hinojos, su asesino gritaba y se lamentaba.

—¿Quién es éste? —preguntó Patricio.

—Es el teutón —Matías se acercó a él y con el pico de su capa le limpió el hollín que ennegrecía su faz.

Hermann, el lansquenete, no oía, ni veía. Se había instalado en el mundo del sufrimiento y sólo tenía sentidos para la aflicción que le embargaba.

—Cállate, cabrón, vas a despertar a toda la Corte —le conminó Patricio.

Hermann siguió plañiendo en su idioma. De vez en cuando emitía un grito agudo y un sollozo, luego continuaba con sus lamentos.

—Te he dicho que te calles —esta vez la advertencia de Patricio vino acompañada de un puñetazo en la boca. Hermann se tambaleó, pero no llegó a caer. Por un momento los miró. Sus ojos parecían lagos y las lágrimas habían dibujado ríos con muchos meandros sobre los restos del hollín. Calló un momento, el labio le comenzó a sangrar, parpadeó, reinició sus quejas en un tono un poco más bajo.

—¿Qué hacemos con él? —preguntó Patricio.

Matías miraba al herido.

—¿Crees que nos pagará Seisdedos? —insistió.

Matías continuó en silencio.

—Dirá que fue Germán quién mató a Delfín.

Matías meditaba sobre la nueva pureza que ya disfrutaba el portugués y que pronto gozaría el alemán. Los veía libres del amor y del miedo. Pensaba que, si la muerte fuera reversible, a él le gustaría morir de vez en cuando. Morir para dejar de temer a la muerte. Se echó la capa al hombro y se acercó al herido.

* * *

Desde la cama, Diego buscó consejo entre los palos que sostenían la techumbre. No lo encontró. Se dio media vuelta y pidió ayuda al aguamanil y a la palangana. Cerró los ojos para conciliar consigo mismo y lo único que vio fue el pecho de Delfín atravesado y la sangre que, a la luz de la luna, teñía de pardo las calzas negras del extranjero. Oyó de nuevo los gritos de dolor, recordó la desesperación en las miradas. Le impresionaba, sobre todo, la expresión del fantasma: sobre un rostro tiznado refulgían coléricos unos ojos sorprendentemente azules, los ojos de un gato diabólico.

Abrió los suyos. Cambió de postura. Se levantó. Hizo inventario. Sopesó alternativas. Buscó el dinero de Delfín. Lo encontró. Se lo repartió entre el cuerpo y el vestido. Seleccionó ropa. Reunió más de la necesaria para el camino. Bajó las escaleras.

—Me veo obligado a dejar la habitación, mi compañero ajustará cuentas con vuestra merced.

El posadero se cercioró de que en el cuarto quedaran bienes suficientes para cobrarse.

—Y ¿a qué vienen tantas prisas? —una vez garantizado el pago, quiso satisfacer su curiosidad.

—He recibido aviso por un paisano de que a mi padre le aquejan unas fiebres. Parto sin demora para

Tembleque —Diego aprovechó el ingenio de Delfín hasta el final—, pero antes avisad a un barbero.

—¿A estas horas?

—Sí, quiero llegar presentable —Diego, al no verlo convencido, añadió—. Piense vuestra merced que puedo encontrarme directamente con el funeral.

El posadero asintió y mandó un mozo en busca de un barbero navarro que ejercía en la cava de San Miguel. Tardó media hora en llegar para desesperación de Diego que empleó ese tiempo en recorrer su habitación decenas de veces con las manos a la espalda.

Le cortó el pelo y le afeitó la barba. Le pidió por el servicio una cantidad exagerada. Diego no se la discutió.

Al despedirse, el posadero le deseó lo mejor para su padre. Diego se interesó por una espada.

—Con las prisas —mintió— he olvidado la mía en una taberna.

—¿También habéis olvidado la capa?

Diego no supo qué contestar. La espada del posadero era una tizona grande y oxidada de la época de los Reyes Católicos. Prefirió salir sin aquel estorbo en la cadera. Estaba escarmentado. En adelante tendrían que forjar el acero en su presencia. Sonrió al recordar que Delfín le había asegurado al entregarle la que se rompió que aquella espada era obra del famoso maestro Ronquillo. Él hubiera localizado su origen en la fragua del maestro «Rompillo», pues se había quebrado al primer golpe. Sintió remordimiento y rememoró la profecía de Delfín. Efectivamente aquella noche iba a ser muy larga y para el propio profeta, eterna. Le pareció que su amigo había perdido la vida para que él la conservara. De conocer el paradero de su familia, hubiera hecho lo posible para hacerle llegar algún dinero. Resulta barato tranquilizar la conciencia con buenas intenciones. No se acordó ni para bien ni para mal de Maridiaga.

El caballerizo de la Huerta del Bayo dormía sentado porque respiraba mal. En posición supina se ahogaba. No reconoció en Diego al sujeto bien vestido que, junto a otro de semejante guisa, le había alquilado dos jacos aquella misma tarde.

—Es una urgencia —se excusó Diego por haberle despertado.

Mientras, renqueante, le traía un caballo fuerte y resistente, un mulo con forma de corcel, Diego descubrió una espada colgada en la pared. Era antigua, pero no constituía una antigüedad. Su color evolucionaba desde el gris mate al negro. Algunas melladuras con restos de grasa y astillas de huesos delataban su uso para cortar carne. Aún se podía leer sobre su hoja «Toledo», pero del nombre de su forjador sólo quedaban la erre y la o iniciales.

El viejo se resistió a desprenderse de ella. Había sido la compañera de su juventud. Él era uno más de los soldados derrotados, de las víctimas de un imperio triunfante que excretaba como desecho a los hombres que habían posibilitado su victoriosa expansión. Aquel héroe, devenido en limpiador de cuadras y caballerías, se encontraba demasiado derrotado por la vida para resistir la oferta creciente de Diego. Se rindió con lágrimas y recibió asqueado las monedas que acababan de privarle de su última ración de dignidad. Diego acumuló aquella noche un segundo motivo de remordimiento. Lo alivió con la idea de que algunos deben perder su orgullo para que otros sobrevivan. Resulta fácil tranquilizar la conciencia con filosofías.

* * *

Matías, en cuclillas, limpiaba su campilam en la capa de Delfín. Le miraba a la cara y le apreciaba una expresión en que se mezclaban la sorpresa y la paz. Le cerró los ojos. Le cerró también la boca, pero ésta se volvió a abrir para dibujar en su cara una sonrisa sardónica. Se dirigió hacia Hermann. No le podía ver la cara porque había caído de bruces. Todavía se percibían algunos pequeños estremecimientos en sus piernas. Sus lamentos habían finalizado al seccionarle Matías la tráquea de un solo tajo. Luego se había desplomado con un ruido líquido como el de un odre que se estrella contra el suelo. Le había sucedido un sonido que fluía, como de desagüe y luego nada, el silencio.

—Por lo menos Jeremías estará contento. El acompañante del portugués se ha librado —opinó Patricio.

—Cógeles las bolsas.

Patricio volteó a Hermann y le buscó la bolsa. Estaba ensangrentada. La de Delfín estaba seca.

—¿Dónde se habrá metido el tal Diego?

—¿Quién es Diego?

—El acompañante del portugués; lo dijo Jeremías, ¿no te acuerdas?

Matías cogió las bolsas de la mano de su amigo y las sopesó. Le devolvió la de Delfín.

—Vámonos, es hora de descansar.

Tras las rejas y las celosías se ocultaba la expectación bisbiseante de unas gentes que, a su paso, se retiraban a dormir.

* * *

Los guardianes de la puerta de la muralla le preguntaron a Diego con sorna:

—¿Trasnocha o madruga vuestra merced?

—Madrugo —contestó Diego con prudencia; los guardias parecían haber bebido—. Me dirijo a la feria de Talavera a comprar prendas de hilo.

—¿Celebran ferias en Talavera por estas fechas?

—Sí —afirmó con seguridad.

Lo vieron alejarse sin acabar de creérselo, desarmados por la determinación de aquel jinete que se fundía con la oscuridad al tomar el camino de Móstoles.

Cuando la ermita del Santo Ángel lo protegió de la vista de las murallas, paró el caballo y desmontó. Lo ató a una columna y se sentó en un banco de piedra que había bajo el atrio. Dormitó. De madrugada, descargó una tormenta. Le castañetearon los dientes por el frío. Se incorporó y caminó deprisa de un lado a otro del claustro. Miró hacia Madrid y sólo vio noche, quiso distinguir el curso del Manzanares y únicamente vio noche. «Mañana te cruzará un hombre nuevo», le dijo a la oscuridad. Pensaba instalarse en la posada del Peine, en la vorágine de la calle de las Postas. Allí nadie lo reconocería. Antes tenía que hacerse con una capa. Confiaba en la providencia de Dios. No había dejado de llover cuando ya croaban las ranas. Comenzó una con timidez, como pidiendo permiso. Contestó otra a ver qué pasaba. Al no ocurrir nada les siguieron las demás. Diego recibió a la aurora con las manos en los oídos. Antes había tenido que expulsar a dos docenas de escuerzos que, uno tras otro, habían intentado invadir el espacio seco del atrio.

Caminó hacia el río con la rienda de su montura en la mano. La entrada del puente se encontraba obstruida por una trinca de hombres embebidos en una acalorada discusión.

—Ha sido la lluvia de ranas más importante desde la caída la noche del 20 de agosto de 1593.

—Lluvia de sapos, querrá decir vuestra merced, porque yo miro en derredor y no veo más que escuerzos.

—Pues yo opino que los bichos viven en la tierra y salen cuando llueve —opinó el tercero.

—Hablemos con propiedad, señores —el primero lo dijo con impostado dominio—. Se trata de una lluvia de semillas de sapos y de ranas.

—¿Qué insinúa vuestra merced, que ranas y sapos tienen un origen divino? —acusó el que les atribuía procedencia terrestre con cara de conocer a familiares del Santo Oficio.

—Yo no digo tal cosa, pero no podemos negar que vienen del cielo —adujo con menos énfasis.

—Pues yo no veo cabezones, ni renacuajos. ¿Dónde están las pretendidas semillas? —objetó de nuevo el que les negaba origen celestial.

—Y ¿cómo explican vuestras mercedes que a las pocas horas de caer ya esté todo lleno de escuerzos? —arguyó el defensor del predominio de los sapos.

El que era objeto del interrogatorio se arrepintió de haber hablado con tanta seguridad, ahora titubeaba ante el acoso de sus interlocutores. Agradeció que un cuervo crascitara sobre el pretil del puente y que otros le contestaran desde los chopos de la ribera, pues le permitieron alargar la pausa. Miró a uno y otros para comprobar que los cuervos, a su vez, lo miraban a él y que a todos les colgaban del pico largas ancas de rana como bigotes de mandarín.

Diego esperaba que, tras el respiro, el caballero enfático pudiera eludir el aprieto con ingenio, cuando una mano se posó sobre su hombro.

—¿No tiene frío vuestra merced?

Diego se volvió para reconocer en el dueño de la mano al muchacho de la mirada dura y burlona de la taberna del irlandés.

MS1